KB057632

도쿄의 밤은 빨리 찾아온다

걸어본다

15

도쿄

도쿄의 밤은 빨리 찾아온다 ●

고운기 에세이

ㄴㄴ〉〈ㄷㄴ

차
례

PROLOGUE 재떨이 … 6

1 | 2016년 1월 28일 목요일 … 12
도쿄에서 처음 산 것—1999년 9월 … 21
유자와······ 눈의 나라에서 사흘—2008년 1월 … 25
얼굴 그리고 목소리—가와바타 야스나리의 『설국雪國』과 게이샤 마츠에 … 31

2 | 2016년 1월 29일 금요일 … 43
국경의 긴 터널 … 49
저녁 풍경의 거울 … 58
밤의 밑바닥 … 68

3 | 2016년 1월 30일 토요일 … 77
죽음의 유희—아쿠타가와 박영근 … 88
아쿠타가와상 … 93
이중언어에 놓인 소설의 운명—2000년 9월, 작가 이회성과의 만남 … 98

4 | 2016년 1월 31일 일요일 … 133
도쿄의 옆얼굴—2001년 9월 … 147
몇 가지 정치적인 문제—2001년 10월 … 154
기노쿠니야 서점—2012년 1월 … 162

5 | 2016년 2월 1일 월요일 ··· 172
저 작은 데까지 규칙이—2001년 10월 ··· 193
나오미라는 근대—다니자키 준이치로의 『치인痴人의 사랑』 ··· 198
미타부인회三田婦人會—2001년 5월 ··· 211
도쿄외국어대 조선어과—2001년 10월 ··· 217
사에구사 도시카쓰 선생 ··· 222
도이 기요타미 선생 ··· 230

6 | 2016년 2월 2일 화요일 ··· 238
살아서 신사 죽어서 절—2001년 12월 ··· 247
마지막 사무라이 사이고 다카모리—2007년 4월 ··· 256
지구가 둥글다는 것을 아는 어린이들—2007년 10월 ··· 262
맙소사—2008년 10월 ··· 264
청경우독晴耕雨讀—2010년 8월 ··· 269

7 | 2016년 2월 3일 수요일 ··· 277

EPILOGUE 작가의 말 ··· 286

재떨이

서른여덟 살의 늦은 나이에 도쿄행東京行을 감행한 것은 아무래도 무모했다. 자의건 타의건, 해보려던 공부가 있었고 그것을 실행해보기로는 더 기다릴 수 없는 시기였지만, 백일 막 지난 둘째까지 세 식구 떼어놓고 가는 먼 길이 마음 편할 리 없었다. 무슨 영화를 누리겠다고……

도쿄의 저녁이 그렇게 빨리 찾아오는 줄 몰랐다. 9월 초순 오후 5시가 조금 넘은 시간, 공항에서 막 도착한 게이오慶應대학 교정은 벌써 어둑어둑했다. 일본 속담에 '가을 해는 두레박처럼 떨어진다'는 말이 있다.

먼 곳에서 맞는 첫 어스름 저녁은 유독 쓸쓸한 법이다. 군에 입대한 첫날 저녁의 풍경이 그랬다. 땅거미가 지고 키 큰 플라타너스 잎 사이가 어두워질 무렵 문득 집 생각에 얼마나 돌아가고 싶었던가. 도쿄의 첫날 저녁도 마찬가지였다.

"나와 성이 같군요."

문학부 행정실의 담당 직원은 나이가 좀 든 다카하시高橋씨였다. 내 명패를 연구동의 명부에 달아주면서 그가 말했다. 꼼꼼하고 성실해 보였다. 나는 '다카'가 아니라 '고高'라 발음한다고 굳이 말해주었다. 그가 씨익 웃었다.

5층의 연구실에 들어서서 책상 위에 내 이름이 쓰인 또다른 명패를 놓아주고 그는 돌아갔다.

세 사람이 쓸 수 있는 연구실이었다.

먼저 와 있던 한 친구는 말레이시아에서, 다른 친구는 중국에서 왔다고 했다. 그러나 이 둘은 도통 학교에 나오지 않았다. 어쩌다 잠시 들러도 방안만 둘러보다가 나가버리곤 했다. 같은 복도에 있는 연구실의, 외국에서 오는 연구원이 대체로 그랬다. 거의 매일 하루종일 연구실을 지키는 사람은 나밖에 없어 보였다. 다카하시씨는 말레이시아와 중국 친구가 제 나라로 돌아간 다음 이 방에 다른 사람을 배정하지 않았다. 나는 마치 혼자인 것처럼 3년을 지냈다.

혼자여서 좋은 점은 여러 가지였지만, 그 가운데 가장 좋은 것은 흡연이었다. 잠시 같이 있던 두 친구는 비흡연자였다. 나는 교정으로 내려와 담배를 피우고 올라가곤 했다. 둘이 나간 다음부터는 그럴 필요가 없어졌다.

그때 새삼 눈에 띈 것이 재떨이였다.

가만 보니 학교 마크가 새겨진 학교 용품이었다. 게이오대학의 마크는 펜촉 두 개를 크로스시킨 모양이다.

사기로 만든 하얀 재떨이에 군청색 띠가 둘리고, 한가운데에 예의 펜촉 두 개가 빨간색으로 선명했다. 한편으로는 연구실에 재떨이까지 지

8

게이오대학에서 훔쳐 온 재떨이.

급해주나 싶어 신기했지만, 이 방에서 3년씩이나 그것과 한식구가 되어 살게 될 줄은 몰랐다. 오고 싶은 학교였지만 오고 싶어서 온 것만은 아니었다. 집 생각에 걱정스러운 시간이 있었다. 공부를 한다고 무조건 성과가 나는 것이 아니니 미래에 대한 두려움도 있었다. 그럴 때면, 담배 한 대의 뜨거운 기운이 나의 속을 달래는 동안 무심히 지켜봐준 재떨이였다. 걱정과 두려움으로 재가 된 세월을 받아준 재떨이였다.

재떨이에는 담배걸이가 세 군데 만들어져 있는데, 자세히 보니 홈의 크기가 각각 달랐다. 담배의 굵기에 따라 사용할 수 있도록 만든 것이다. 참 치밀한 사람들이다.

유학 생활을 마치고 서울로 보내는 짐에 나는 재떨이도 넣었다. 이는 분명 학교 기물을 훔치는 행위이지만, 3년의 기억을 온전히 가진 이 물건이 나에게는 더이상 무정물無情物로 보이지 않았다. 성실하고 꼼꼼한 다카하시씨는 내가 있던 연구실의 재떨이가 없어진 것과 그 행방을 알고 있으리라.

지금도 나는 내 연구실 전화기 옆에 이 재떨이를 두고 쓴다. 더러 서른여덟 살의 걱정과 두려움을 되새기며, 늙어가는 마음의 위로를 삼고 게으름을 다잡는다.

• 1 •

2016년 1월 28일 목요일
—
도쿄에서 처음 산 것
—
유자와…… 눈의 나라에서 사흘
—
얼굴 그리고 목소리

~~~~~

2016년 1월 28일 목요일

1

나의 '걸어본다―도쿄'는 이번으로 아홉번째 열리는 설국문학기행의 인천공항 출발과 함께 시작한다. 2016년 1월 28일 이른 아침, 참가자 스물네 명이 공항에 모였다.

처음 이 기행이 시작된 것은 2008년 1월이었다. 대산문화재단이 발행하는 『대산문화』 2007년 여름호에 소설 『설국』의 무대를 찾아 쓴 기행문을 실은 일이 계기가 되었다. 그 기행문대로 소설의 현장을 찾아보자는 것이었다.

그때 나는 도쿄에 있었고, 일행은 인천에서 출발하여 니가타新潟공항으로 오기로 하였다. 인천공항 출발―니가타공항 도착―유자와의 다카한 여관(2박)―도쿄(1박)―나리타공항 출발―인천공항 도착의 3박 4일 스케줄이었다. 다카한 여관은 가와바타 야스나리川端康成, 1899~1972가 묵으며『설국雪國』을 집필한 곳이다.

그러나 다음해부터는 니가타공항 대신 나리타공항을 이용했다. 그게 더 의미가 있고 편했다. 소설 속의 주인공처럼, 도쿄에서 출발한 나그네가 유자와를 찾는 것이다. 체험 프로그램도 하나 추가되었다. 재래선 열차를 타고 바로 그 터널을 통과해보는 것이다. 군마현의 미나카미 역에서 열차를 타고 터널을 지나 소설 속의 간이역인 '신호소'에 내릴 수 있다. 바로 '국경의 긴 터널'을 지나면 하얗게 닥쳐오는 '설국'을 느끼게 된다.

오늘이 아홉번째이다. 한두 해 하다 그칠 줄 알았는데 햇수로 10년이다. 나는 어느덧 '설국의 안내자'가 되어 있다.

2

나리타공항에는 전세버스가 대기해 있다. 차선이 우리와 반대이고 승차하는 문도 그렇다. 참가자에게 가장 먼저 이 점부터 주의를 준다.

이동하는 버스 안에서 나는 돈에 대한 설명을 먼저 한다.

환율은 10대 1을 넘어섰지만 지폐에서 동전에 이르기까지 그 단위는 우리와 일본이 똑같다. 그래서 지폐는 세 종류, 1만 엔과 5천 엔 그리고 1천 엔짜리다. 물론 2000년에 새천년을 기념한 2천 엔짜리를 발행했지만, 기념품일 뿐 실생활 속에서 널리 유통되지 않는다. 최근 들어 우리가 5만 원 권을 새로 발행한 것도 달라진 점이라면 달라진 점이다.

다만 늘 쓰이는 세 종류의 지폐를 처음 보았을 때 재미있는 것을 발견했다. 그 지폐에 새겨진 인물과 우리의 그것을 비교하면서 말이다.

일본 지폐의 1만 엔 권에는 후쿠자와 유키치福澤諭吉, 5천 엔 권에는 니토베 이나토新渡戶稻造, 그리고 1천 엔 권에는 나쓰메 소세키夏目漱石의 초상화가 그려져 있었다. 후쿠자와는 메이지明治 유신기의 대표적인 정치가이자 교육자요, 니토베는 경제학자, 마지막으로 나쓰메는 소설가다. 메이지 유신이 일본의 근대화를 상징하는 사건이라면 이 세 사람은 바로 그런 근대화의 중심에서 각각의 분야를 대표하는 인물이다. 요컨대 일본은 19세기 말부터 시작하여 20세기에 와서 이룩한 근대화의 의미를 지금의 현실에 적극적으로 반영하고 있다는 사실을 날마다 지갑을 들락거리는 돈을 통해 분명히 보여주고 있다.

지금은 5천 엔에 이치요 一葉, 1천 엔에 노구치野口의 초상으로 바뀌었지만 그 의미는 같다.

알다시피 우리는 지폐 세 종류에 각각 세종대왕, 이율곡, 이퇴계의 초상을 그려넣고 있다. 세 사람이 모두 조선 시대의 인물이다. 단편적인 비교에 불과하지만, 그래서 단정적으로 말할 수 없지만, 우리는 근대에의 의미 부여보다 아직 조선 시대의 유산에 더 치중해 살고 있지는 않은가.

3

그러나 우리에게 일본의 근대화는 그다지 이상적이지만은 않다. 유신을 단행하여 발전된 서양을 쫓아가고 곧 후발 제국주의의 길을 걸었지만, 그것만으로 일본을 잘못 개발된 근대국가라고 말할 수 없을지라도, 결국 군국주의의 이데올로기로 치달아 자신과 주변 국가를 공멸의 길로 몰아간 점은 쉽게 씻을 수 없는 과오이다. 그것은 군국주의자들만의 한순간 잘못된 판단에서 연유하는 것이 아닐 터요, 나는 유신의 시기에 이미 일본이 설정한 어떤 목표가 그렇게 흐름을 타도록 했다고 생각한다.

그런데 지폐에 새긴 세 사람은 무엇을 의미하는가? 우여곡절 끝에 다시 경제 대국을 일으킨 오늘의 일본이 과거의 부채에서 자유롭지 못한 점은 분명하다. 그런데도 그들의 얼굴을 지폐에 새긴 까닭은 무엇인가? 과오는 다 잊어버리자는 것일까? 아니면 그 실체에 몸을 맡기고 자신들의 뿌리를 부정하지 않겠다는 것일까?

부럽다면 그들이 자신의 역사에 자존을 세우고 있다는 점이요, 얄밉다면 남의 입장은 전혀 고려하지 않는 듯한 뻔뻔함이 있다는 점이다.

후쿠자와 유키치만을 예로 들어보자. 내가 연구원으로 체류한 게이오 대학은 바로 후쿠자와가 세운 일본 최초의 대학이다. 게이오는 메이지 바로 앞에 쓰던 일본 왕실의 연호였다. 일찌감치 유럽 여행을 많이 했던 후쿠자와는 사회의 지도적 인사를 길러낼 퍼블릭 스쿨로서 대학의 설립을 생각했고, 사재를 털어 만들었기에 의숙義塾이라 하되 이름은 당시의 연호를 땄던 것이다. 그는 오로지 서양을 배우는 것으로 일본이 근대화될 수 있다고 믿은 사람 가운데 하나이다.

그러나 후쿠자와의 생각이 일본의 지식인 사회의 진부는 아니었다. 그의 방향이 민족과 국가의 정체성에서 심각한 문제를 야기시킬 것이라

우려하는 다른 지식인들이 있었다. 하지만 후쿠자와의 정치적 영향력이나 대중적 카리스마를 당해낼 수 없었다.

후쿠자와는 제 나라뿐만 아니라 바로 이웃인 조선도 그렇게 나가는 것이 올바른 방향이라고 전파했다. 게이오 의숙에 유학을 간 당시 조선의 학생들, 예컨대 유길준金吉濬이나 김옥균金玉均 같은 사람 앞에서 말이다. 갑신정변이 실패로 돌아간 후 암살당한 김옥균의 위패를 집에다 모셨다는 후쿠자와가 정한론자征韓論者로 돌아선 것은 당연했다고, 게이오 대학에서 만난 정치학을 전공하는 어느 일본인 박사과정 학생은 나에게 말했다.

이 젊은 학생의 설명을 들으면서 나는 착잡해졌다. 후쿠자와의 길은 일본인의 길이었구나, 그렇게 인정하지 않을 수 없는 뿌리 깊은 인식이 지금에도 엄연하구나. 그의 초상이 1만 엔 권의 자리를 차지하고 있듯이 말이다.

4

버스는 도쿄 외곽을 탄 도시고속도로를 지나 니가타행 고속도로로 접어든다. 1월이지만 기온은 우리의 봄날과 비슷하고, 상록수를 많이 심어 스산한 느낌을 주지 않는 풍경이다. 사이타마현을 지나 군마현의 한 휴게소에서 잠시 정차한다. 3시간 정도의 소요 시간에 반쯤 왔다.

여기까지는 눈이라곤 눈을 씻고 찾아봐도 없다.

휴게소에 내린 사람들이 심심할 만하다. 눈이 쌓여 있어야 할 곳인데 말이다.

도쿄의 밤은 빨리 찾아온다

참가자 모두 의심의 눈초리로 나를 힐끔힐끔 쳐다보는 것 같다. 다시 버스에 올라 1시간 남짓, 드디어 군마현과 니가타현을 가르는 산맥이 드러났을 때, 까마득한 먼 산에 눈이 뒤덮여 있는 풍경을 보기 전까지는 말이다. 정상이 그럴 뿐, 13킬로미터의 터널 군마현 쪽 입구에 좀체 눈은 쌓여 있지 않다. 아직 실감이 가지 않는다.

터널의 중간쯤, 군마현과 니가타현의 경계임을 나티내는 표지가 보인다.

나는 참가자의 시선을 자동차 앞으로 모은다. 터널을 빠져나가는 순간을 놓쳐서 안 된다고……

오후 5시 30분경.

우리보다 해가 먼저 지는 일본에서 이 시간은 어둑어둑하다.

터널에서 나오자 체인을 갈아 끼우는 작은 주차장이 있다. 버스는 서서히 한쪽에 선다. 사람들은 그제야 눈앞의 풍경에 아연실색한다.

해가 진 어스름 속에서 흰 눈이 빛난다. 물경 2미터 이상 쌓였을 눈밭은 저마다의 모습으로 얼굴을 그리고, 그 위로 수제비를 떼다 뿌리는 듯한 눈이 내린다. 소리 없는 이 천상의 침략군은 대지를 평평히 잠재우며 제 영역을 확보한다.

여기는 유자와의 초입이다. 여기서부터 여관까지는 20분 남짓, 설국 문학기행의 첫 행선지에서 사람들은 말을 잃는다.

5

그런데 올해는 예년에 비해 눈이 반밖에 내리지 않았다. 터널을 빠져 나왔을 때 이번 참가자들은 탄성 대신 탄식을 내뱉었다.

—에게, 이런……

그런 표정이었다. 나로서도 낭패였다. 이런 적이 없었기 때문이다. 니가타의 유자와 마을은 특히 그랬다. 산중의 작은 이 마을에서 눈에 막혀 일정이 변경되는 일은 있었어도, 눈이 내리지 않아 나를 배신한 적은 없었던 것이다. 그런데 이번은 달랐다.

보통 11월경부터 니가타의 눈 소식을 체크해본다.

니가타의 눈은 적어도 겨울 석 달만이 아니다. 늦가을 11월과 초봄 3월을 포함해 다섯 달은 눈 속에서 산다.

눈사태는 산에서만이 아니다.

봉우리 모양을 한 곳은 어디서나 일어난다.

니가타 사람들의 말이다. 지붕 가득 눈을 뒤집어쓴 마을의 이곳저곳을 둘러보다보면 이 말이 실감난다.

그런데 올해 눈은 절반 수준이었다. 유자와에 들어서면, 터널 저쪽과는 전혀 다른 세상인 것처럼 쏟아지던 눈은 이번에 예외였다. 마음에 실망을 안고 참가자들은 여관에 들었다. 다만 온천 후에 여관의 저녁 밥상을 받아들고 조금 마음이 누그러지는 것 같았다. 식사 후에는 4일간의

도쿄의 밤은 빨리 찾아온다

일정을 다시 설명해준다. 그러느라 2시간가량 걸린다.

밤 9시쯤, 사람들이 자기 방으로 돌아가느라 회식 장소를 나섰다. 앞에서 갑자기 탄성이 터진다. 눈이 내리기 시작한 것이다.

어두운 밤하늘에서 하얀 조각이 푸실푸실 내렸다.

~~~~~

도쿄에서 처음 산 것
1999년 9월

1

도쿄 가는 비행기는 타기 싫다.

수없이 그 편을 탔지만, 처음 가던 날의 풍경이 문득 떠오르면, 기억 속에는 늘 아픔과 그리움이라는 말이 먼저 떠오른다.

왜 그런지는 앞서 말했다. 6개월의 준비 기간을 거쳐 비행기를 타던 1999년 9월, 육중한 기체가 하늘로 오르는 순간, 몸이 기우뚱 무너지면서 왈칵 눈물이 솟았다. "나는 무얼 바라/나는 다만, 홀로 침전하는 것일까." 동주東柱의 시 한 구절이 떠올랐다.

그러거나 말거나 정신을 차려야 했다. 이제 연습이 아니다. 실전이다.

나리타에 내려 담배 한 대 피우려니 라이터가 없다. 챙긴다고 다 챙겼는데 막상 빠트린 물건, 설마 그것이 라이터 하나뿐일까만, 공백을 공항에서부터 벌써 확인하니 뭔가 가슴이 무너지는 듯했다.

게이오대학 기숙사. 아스팔트에 쓰인 '서라' 처럼 거기 섰다.

편의점에서 라이터를 하나 산다. 공항에서 처음 산 물건이다.

백 엔이었다. 우리 돈으로 천 원? 세상에 라이터 하나가 천 원이라니, 새삼 물가를 체감하지 않을 수 없다. 이 라이터는 가스가 다 떨어질 때까지 썼다. 잃어버리거나 버려두지 않고 라이터 하나를 오롯이 다 쓴 경우는 내 생애 처음이다.

2

―산지욘주고훈 슛밧츠데쓰.

우에노까지 가는 케이세이센京成線 스카이라이너 창구의 아가씨가 표를 건네주며 말한다.

―나니?

귀를 쫑긋 세우며 무슨 말이냐고 물었다.

―산지-욘주-고훈 슛밧츠-데쓰.

아가씨가 또록또록 다시 말한다. 3시 45분 출발입니다……, 세상에 이 말을 못 알아듣다니, 유학 온다는 자가 그 정도 말에 막히나? 학원에서 배울 때의 일본어와 실전에서의 일본어의 차이? 그렇기는 해도 또 한 번의 무너짐.

아니 이번에는 진땀이 났다.

운전면허를 따고 처음 도로에 나가던 때가 생각났다. 신호는 똑같은 신호이되, 학원 문을 나서 처음으로 만난 실제 노로의 신호등이 얼마나 두려웠던지……. 그런 심정이라 해두자.

3

선배는 우에노 역에서 기다리고 있었다.

─세상에 산지욘주고훈 슛밧츠란 말도 못 알아들었네요.

공감이었을까 동정이었을까, 선배의 입가가 묘하게 흔들리는 것을 본다. 선배는 내가 묵을 게이오대학의 기숙사 방 열쇠를 미리 받아 가지고 나오던 참이었다. 짐은 든 채 학교 근처에서 저녁을 먹었다. 기숙사는 학교 뒤에 있었다. 복잡하고 피곤한 생각에 그저 빨리 혼자가 되었으면 좋겠다는 일념뿐이었다. 그가 일러주는 기숙사 생활의 규칙이나, 학교에 가서 처음 해야 할 일 등은 사실 이미 문서로 충분히 연락받았었다. 그러나 두주불사斗酒不辭형의 선배는 좀체 자리를 뜨려 하지 않았다.

웬만큼 시간이 되어 숙소가 멀다며 서둘러 일어났다. 낡은 캐리어는 굵은 보도블록에 걸리며 무거운 소리를 냈다. 내 마음이 그렇게 무거운 것이다.

기숙사의 방은 침대, 책상, 냉장고, 조그만 주방과 욕실……, 한 사람 지내기에 딱 맞은 공간이었다. 선배는 자신도 여기서 2년을 지냈다고 했다. 짐을 푸는 것을 본 선배는 발길을 돌렸다. 배웅하려 골목까지 따라나섰는데 돌아가라 손짓한다.

골목에서 정말 혼자가 되었다. 이번에는 문득 두려움이 몰려왔다.

유자와…… 눈의 나라에서 사흘

2008년 1월

어둑어둑한 저물 무렵, 역에 내리는 나를 맞은 것은 눈이었다.

에치고 유자와越後湯澤—.

가와바타 야스나리의 소설 『설국』의 무대가 되는 마을이다. 눈은 내가
이 마을에 머무는 2박 3일 내내 내렸다. 징그러웠다.

1930년대 초반, 군마현과 니가타현을 가로막는 해발 2천 미터의 산맥
이 터널로 뚫렸다. 시미즈淸水 터널이다. 13킬로미터의 굴속에 철로가 놓
이고, 소설가 가와바타는 온천을 찾아 열차로 이 마을에 왔다. 그래서 시
작하는 『설국』의 저 유명한 첫 문장.

국경의 긴 터널을 빠져나가자 설국이었다.

긴 터널을 재래선 열차를 타고 지나보았다. 그래봐야 지금은 전기로
움직이는 열차이다. 검은 연기를 내뿜으며 달리는 증기기관차를 타고

유자와 역 앞. 우동집 불빛이 다정스럽다.

이 터널을 지나노라면 옷에는 뽀얗게 연기 먼지가 쌓였다고 한다. 폐쇄
공포만이 아닌 현실적인 고통을 이 터널에서 느꼈다. 터널을 빠져나와
휴우, 하고 안도의 한숨을 내쉬는 순간, 눈앞에는 온통 눈의 나라가 펼쳐
졌다. 지금도 마찬가지이다.

어스름 저녁 무렵, 유자와 역에 내린 소설의 주인공 시마무라는 택시
를 부른다.

나는 택시를 잡을 생각도 못하고 쏟아지는 눈을 바라보았다. 어떤 차
가 택시인지, 승용차마다 지붕이 온통 눈으로 뒤덮여 분간할 수 없었다.

우동집에서 새나오는 불빛이 다정스러웠다. 가로등은 아직 불을 켜지
않았지만, 우동집 앞의 장명등만 불을 밝혔다. 그도 다정스러웠다. 여관
에 도착하면 밥이 기다리고 있을 터이나, 눈에 막힌 핑계로 잠시 걸음을
멈추고, 우동 한 그릇 말아달라 하였다.

가와바타 야스나리의 『설국』을 읽은 것은 고등학교 1학년 때였다. 대
학에 다니던 형이 사놓은 세계문학전집에서였다. 첫 문장을 읽은 때로
부터, 눈 내리는 유자와의 역이 어른거리는 세월을 나는 30년 훌쩍 넘겼
다. 흰머리를 사이사이 심어놓은 나이에 마침내 그 역에 내렸다. 마치 그
래야 하는 것처럼, 눈은 사정없이 내리고, 내 발길을 잠시 붙잡았다.

우동 국물의 김이 서려 내 안경이 뽀얘졌다.

안경을 벗어 알 하나에 한 글자씩 '설국'이라 써보았다.

소설에 『설국』만한 작품이 없는 것이 아니련만, 내게 『설국』은 나라와
삭사를 벼나 하나의 로밍이었다. 1970년대 문학전집의 조잡한 컬러 화
보로 소설의 무대가 되는 역과 신호소와 터널을 보았었다. 낡은 추억은

그래서 더욱 낡았다. 나는 시계를 가꾸로 30년 넘게 돌려 역에 내렸고, 그 순간 나의 추억은 완성되었다. 더이상 추억이 아닌 현실의 땅, 눈은 쉬지 않고 내려, 30년을 기다려온 연인처럼 내게 매달리는 것 같았다.

가와바타가 머물며 소설을 쓴 다카한 여관은 지금도 정든 언덕 위에 그대로 있다. 건물을 새로 만들었지만, 온천수는 옛날 그대로라고 하였다. 탕에 들어 언 몸을 녹였다. 통유리로 멀리 마을 풍경이 내려다보이고, 하늘 가득 마을을 향해 눈이 내렸다.

사흘 내내, 징그러웠다.

인적 드문 골목길은 이렇게 눈으로 막힌다.

게이샤 마츠에, 고마코의 모델이다.

∞∞∞

얼굴 그리고 목소리
가와바타 야스나리의『설국雪國』과 게이샤 마츠에

1

1999년 1월 31일, 게이샤 출신의 평범한 할머니 한 분이 세상을 떠났다. 고다카 기쿠小高キク, 향년 84세. 병석에 누워서도 책 읽기를 즐겨 했다. 간호원이 지나가다 무심코 묻는다.

—연애소설이라도 읽으시나요?

할머니는 읽던 책을 내려놓고 간호원을 빤히 올려다보며 대답한다.

—연애는 읽는 게 아니라 하는 거유.

말하는 재치가 남다르다. 온천으로 유명한 니가타의 유자와에서 20대 중반까지 게이샤 생활을 한 이 할머니는 1934년 이제 막 스무 살로 접어드는 겨울에 소설을 쓰러 온 가와바타 야스나리와 운명적으로 만났다. 그리고 거기서『설국』이 탄생하였다.

게이샤로서 이름은 마츠에松榮였다. 마츠에는 『설국』의 주인공 고마코의 모델로 알려져 있다.

> 여자의 인상은 뜻밖에 청결했다. 발가락 밑의 옴쏙 들어간 곳까지도 깨끗할 것이라는 생각이 들었다.

온천 여관에서 남자 주인공 시마무라가 고마코를 처음 만나는 장면이다. 그리고 좀더 뒤로 가면 보다 상세한 묘사가 나온다. 날씬하면서도 오똑하게 솟은 코, 아름다운 자줏빛 환형동물의 테처럼 매끄러운 입술, 약간 밑으로 처진 듯한 눈썹, 아래로 눈초리가 치켜 붙지도 처지지도 않아서, 일부러 똑바로 그려놓은 듯한 눈, 산 빛이 물들었다고도 할 수 있는 백합이나 양파의 구근을 벗겨놓은 듯한 싱싱한 살결. 그리고 이 모습을 한마디로 "밝고 깨끗했다"라고 맺는다.

시마무라는 특별히 하는 일 없이 여행과 무용 공부를 즐기는 사람이다. 기차가 다니게 되면서 번성해진 온천 마을에 와서 등산이나 하면서 빈둥거리는 중이었다. 소설 속에서 마을의 이름은 나오지 않는다. 그러나 유자와가 그 무대임은 확실하다.

2

두 사람의 첫 데이트는 시마무라가 묵는 여관 아래 삼나무 숲속에 있는 신사神社에서 시작한다. "여자는 얼른 돌아서서 삼나무 숲속으로 천천히 들어갔다. 그는 말없이 따라갔다. 신사였다. 이끼가 돋아난 돌사자 옆의 번듯한 바위에 가서 여자는 앉았다"는 대목에서 나오는 신사, 돌사자, 번듯한 바위는 지금도 옛 모습 그대로다.

가와바타 야스나리 또한 유자와 온천과 게이샤 마츠에를 소설의 소재로서 인정하고 있다. 다만 실재와 소설 속의 그들을 굳이 혼동하지는 말아달라고 말할 뿐이다. 마츠에는 열세 살이던 1928년에 유자와로 왔다가, 너무 한촌寒村이라 자신이 처음 게이샤가 된 이웃의 나가오카長岡로 돌아갔는데, 1932년에 다시 이곳으로 발길을 옮긴다. 실은 1931년 시미즈 터널이 뚫리고 도쿄에서부터 철도가 연결되자 온천과 스키 관광객이 몰리면서 번성해졌기 때문이다.

국경의 긴 터널을 빠져나오자, 눈의 나라였다. 밤의 밑바닥이 하얘졌다. 신호소에 기차가 멈춰 섰다.(유숙자 번역)

소설 『설국』의 저 유명한 도입부이다. 도쿄 역을 출발한 기차가 사이타마현을 지나 군마현과 니가타현 사이의 경계에 서면 무슨 장벽 같은 거대한 산 덩어리가 앞을 가로막는다. 이 장벽을 넘을 수 없어 기차는 13킬로미터의 굴을 뚫고 달려가는 것이다. '국경의 긴 터널'은 결코 과장이 아니다. 그리고 거기서 바로 '눈의 나라雪國'가 시작된다. 터널을 벗어나자마자 처음 만나는 신호소, 이제는 쓰지나무라는 간이역으로 바뀌어 있다. 소설의 또다른 주인공 요코가 창문에다 얼굴을 내밀고 늙은 역장과 대화를 나누는 장면이 곧 튀어나올 것만 같다.

3

가와바타 야스나리가 유자와 온천을 찾은 해는 1934년, 게이샤 마츠
에가 이곳으로 다시 온 지 2년 뒤였다. 마츠에는 가와바타를 지극한 정
성으로 모셨다. 심지어 아침 일찍 눈 쌓인 언덕을 기어올라 가와바타의
방으로 가서 제 일이 아닌데도 몸소 불을 피우고 목욕물을 데우곤 했다.
『설국』에서 고마코가 하던 대로다.

소설 『설국』은 10여 편의 단편이 연작소설처럼 이어져 있다. 처음 발
표한 두 편이 「저녁 풍경의 거울」과 「하얀 아침의 거울」이었다. 1935년
벽두였다. 게이샤 마츠에는 책 읽기를 즐겨 밤늦게까지 회중전등을 한
손에 들고 책에서 눈을 떼지 않았다. 그러나 도쿄에서 나오는 문학잡지
에 자신을 모델로 한 소설이 발표되었다는 사실은 몰랐다. 소설이 점차
알려지면서 주변 사람에게서 듣고 처음에는 상당한 충격을 받았다.

믿어야 할지 모르지만, 가와바타 야스나리가 이때 사과의 편지와 함께
제1회분의 육필 원고를 마츠에에게 보냈다고 한다. 마츠에의 남편 고다
카 히사오小高久雄씨의 증언이다. 1937년까지 유자와를 오가던 가와바타
가 발길을 끊은 다음, 마츠에는 3년 뒤 게이샤를 그만두었고, 고향으로 돌
아가 1942년 히사오씨와 결혼하였다. '소설이지만 거의 실제 이야기'라
고 남편에게 고백했다는데, 시시콜콜 자신의 행적이 소설로 나온 이상 게

슈와 신사의 겨울 마당.

슈와 신사 입구의 돌 사자상.

이샤로 계속 일하기가 어려웠을지 모르겠다. 물론 나이도 나이였지만.

편지와 원고는 어떻게 되었을까? 게이샤를 그만두고 고향으로 돌아갈 때 자신이 쓰던 일기(이 또한 소설에 나오는 대로다)와 함께 모두 불태웠다고 한다. "새로운 생활을 시작하면서 이때까지의 일들을 모두 청산한다"는 뜻이었다고 히사오씨는 증언한다. 마츠에, 아니 고다카 기쿠는 그후 30년 만에 니가타를 찾은 가와바타와 단 한 번 만났다.

소설 속의 주인공 고마코는 당돌하고도 격정적이다. 도리어 손님인 시마무라가 당혹스러워 할 정도이다. 게이샤라는 신분이 그렇게 만들었을 수 있으나, 고마코가 지닌 본디 개성이기도 했겠고, 그런 모습이 독자를 사로잡았으리라. 소설의 무대가 되었던 당시의 다카한 여관은 지금 옛 모습을 찾을 수 없지만 자리는 그대로이다. 가와바타가 묵었던 방이 옛날처럼 재현되어 바로 그 위치에 있고, 방 주변에는 몇몇 자료가 걸려 있는데, 거기서 게이샤 마츠에의 얼굴을 사진으로 볼 수 있었다. 소설에서 그리고 있는 고마코의 인상이 뚜렷이 떠오른다.

4

그런데 『설국』에서 진정 가와바타가 애정 어리게 그린 인물은 따로 있다. 춤 선생의 병든 아들을 극진히 모시다 화재로 죽는 요코이다.

국경을 넘어가는 기차 안에서 시마무라가 만난 여자, 창문으로 역장을 불러 말을 나누는 요코의 목소리를 시마무라는, "슬프도록 아름다운 목소리였다. 높은 울림이 고스란히 밤의 눈을 통해 메아리쳐 오는 듯했다"라고 생각한다. 그리고 그의 눈을 보면서 '뭔가 서늘하게 찌르는 듯한 처녀의 아름다움'이라고 생각한다. 시마무라의 생각은 곧 가와바타의 생각이었으리라. 그런데 요코는 실제 인물인지 확실하지 않다. 가와바타가 만든 소설 속의 인물로 보는 게 일반적이다. 그러면서 소설에서는 줄곧 조연의 자리인데, 시마무라가 어두워져가는 기차의 차창을 통해 비친 요코의 얼굴을 훔쳐보면서, "거울 속에는 저녁 풍경이 흘렀다. 뭐라 형용할 수 없는 아름다움에 가슴이 떨릴 정도였다"고 독백하는 대목을 만나다보면, 뜻밖에 이 소설의 처음 제목「저녁 풍경의 거울」이 그대로 조합되고 있으니, 우리는 그것을 어떻게 해석해야 좋을까.

또다른 문제 하나. 가와바타가 그토록 상세하게 묘사하고 있는 고마코의 얼굴에 비해 요코에 대해서는 그저 '아름답다'라는 말밖에 쓰지 않고 있다는 점이다. 그것도 목소리이다.

예의 첫 만남에서뿐만 아니라 시마무라와 요코가 빈번히 만나는 후반부에 가면, "슬프도록 아름다운 목소리"는 자꾸만 되풀이되어 나온다. 기껏 "가냘프고도 아름다운 목소리" "맑디맑은 목소리" "말꼬리를 아름답게 치켜 올리면서"로 변주되는 정도다. 묘사의 천재로 불리는 가와바타가 택한 이 초보적이고 단순한 단어를 어떻게 보아야 좋을까.

평론가 마츠오카 세이고松岡正剛씨는 말한다. 그것은 가와바타의 작전이었다고, 동화 수법을 살려낸 터이라고.

정말 아름다운 것은 아무리 묘사하려 해도 흡족할 경지에 이르지 못한다. 더욱이 얼굴이 아닌 목소리이다. 목소리는 보이는 것이 아닌 들리는 것이다. 보이는 얼굴은 보이는 대로 묘사할 수 있었겠지만, 게다가 마츠에라는 실제 모델을 만난 바에야 상상의 날개를 펼 까닭도 없었겠지만, 가와바타의 머릿속에 오래도록 품어왔던 아름다움에의 희구는 여전히 현실에서 존재하지 않는 어떤 것이다. 귓속에서 목소리로 쟁쟁 울릴 뿐이다.

· 2 ·

2016년 1월 29일 금요일
—
국경의 긴 터널
—
저녁 풍경의 거울
—
밤의 밑바닥

다카한 여관. 2층의 맨 오른쪽 방은 가와바타가 머물던 때 그대로 남겨두었다.

〰〰

2016년 1월 29일 금요일

1

눈을 뜨자 눈부터 확인한다. 제발 사람들이 실망하지 않을 만큼만 내려라……, 너무 내려도 고생이다.

여관 방문 앞에 신문이 배달되어 있다. 날씨를 확인하다가 짧은 칼럼에 눈이 갔다.

―부뚜막에 아첨한다.

일본 속담이다. 주인의 비위를 맞추지 않고 먼저 부뚜막을 맡은 이의 비위를 맞춘다는…… 권력자에게 직접 아니라 실무를 맡은 하급자에게 아첨 부리는 것을 말한다. 부뚜막은 그렇게 위험한 손길이 닿기 쉬운 곳이다.

아베 총리의 신임하는 장관이 뇌물 먹은 사건으로 시끌벅적하다.

나는 어떤 권력도 필요 없으나, 기행 동안 제발 눈만큼은 더도 말고 덜

44

도 말게만 내려달라고 비는 것이니, 눈을 맡은 권력자가 하느님이라면 하급자는 누구일까?

잘 아첨했는지, 정말 사람들이 좋아할 만큼만 눈이 내리고 있었다.

2

유자와는 니가타현의 우오누마魚沼시에 속한 작은 마을이다. 오래된 온천 덕에 먹고살았다. 군마현과의 경계에 뚫린 터널을 지나 바로 있으므로, 여기서 현청이 있는 니가타시까지 가려면 고속도로로만 1시간 이상을 달려야 한다. 그러니까 바다를 따라 길게 누운 니가타현의 가장 아래쪽이다.

니가타 하면 우리에게 먼저 떠오르는 것이 만경봉호이다.

만경봉호는 북한이 만든 페리선이다. 처음 1971년에 건조되어 재일교포의 북송선으로 쓰였다. 우리는 대부분 이 때문에 그 이름을 안다. 다음 1992년에 김일성의 80회 생일을 기념해 만경봉—92가 건조되었다. 외형상 원산에 있는 해운회사가 소유한 여객선인데, 니가타 항구로 들어오는, 일본과 북한의 유일한 연락선이었다. 배는 조총련이 돈을 대 만들었다. 2002년 부산 아시안게임 때 북한 응원단을 태운 만경봉호가 다대포항에 입항한 적이 있다.

그러나 만경봉호는 2006년부터 멈춰 있다. 북한의 핵실험과 장거리 미사일 발사에 대한 일본의 제재 조치로 입항 금지당했기 때문이다.

700미터 고지에 올라 바라보는 유지와 마을 풍경.

도쿄의 밤은 빨리 찾아온다

우오누마는 쌀로 유명한 동네이다. 고시히카리가 바로 이 동네에서 난다.

기름진 쌀을 생산하는 기름진 땅은 눈과 관련이 있다. 니가타현을 둘러싼 해발 2천 미터 연봉의 산맥에 겨우내 3미터 이상 쌓인 눈은 봄부터 녹기 시작하여 땅으로 스며든다. 땅속의 기름진 거름을 담은 물이 지하로 흘러 니가타 평야의 속을 기름지게 한다. 이런 땅에 벼를 심으니 차진 쌀이 나오지 않을 리 없다.

여기에 따라 당연히 지하수가 좋을 수밖에 없다. 그럴 리 없지만 여름 내내 비가 오지 않아도 겨우내 쌓였다 녹아 흐르는 물이 땅속에 가득하다. 영양분 가득한 물이다.

좋은 쌀에 좋은 물이 있으니 그다음 말은 해서 필요 없다. 좋은 술이 니가타에서는 가득 나온다.

하카이산八海山―

연봉의 정상이며 내가 좋아하는 이 지역 술 이름이다.

3

오늘은 하루종일 『설국』의 무대가 되는 이곳저곳을 가보는 날이다. 대부분은 눈이 쌓여 본디 모습을 확인하기 어렵다.

그 가운데 가장 심한 곳이 첫 행선지인 신사이다.

수령을 가늠하기 힘든 거대한 삼나무로 둘러싸인 신사는 여관 아래

슈와 신사 마당으로 눈길을 뚫으며 들어가는 일행.

도쿄의 밤은 빨리 찾아온다

있는데, 시마무라와 고마코가 처음 데이트를 즐기는 곳이다. 고마코가 엉덩이를 걸치던 너럭바위는 보이지 않고, 신사의 도리이마저 반쯤 눈에 묻혔다. 어제저녁, 사진을 통해 사람들에게 비교해 보여주었다.

눈으로 대충 짐작하며 신사 안으로 들어가지만, 그것이 또한 쉬운 일이 아니다.

어느 해이던가, 지리산에 산다는 중년의 부부가 참가했었다. 젊었을 적 고운 자태가 몹시도 맑았을 여자에 비해 남자는 우락부락한 산 사내였다. 사내는 한 발 한 발 눈을 다져 나가기 시작했다. 도리이를 오른쪽에 두고 신사 마당을 사선으로 통과해 본당에 이르렀다.

사람들은 지리산 사내의 발자국을 따라 한발씩 움직였다.

가끔씩 외마디 비명.

다졌다고는 하나 연한 눈은 어느 다른 발자국에 푹 패어 쑥 들어간다. 모두들 이런 경험은 처음인 듯하다. 그래서 실은 즐거운 비명이다. 이렇게 오늘 하루는 종일 신나는 눈의 체험이다.

국경의 긴 터널

1

1930년대 초반, 군마현과 니가타현을 가로막는 해발 2천 미터의 산맥이 터널로 뚫렸다. 13킬로미터의 굴속에 철로가 놓이고, 소설가 가와바타는 온천을 찾아 열차로 이 마을에 왔다. 그래서 시작하는 『설국』의 저 유명한 첫 문장.

국경의 긴 터널을 빠져나가자 설국이었다.

여기까지는 앞서 보인 바이다.

터널의 이름은 시미즈.

설국을 찾은 사람들에게 가장 멋진 이벤트가 이 신 터널을 재래선 열차로 통과해보는 것이다. 개통 당시에는 증기기관차라고 했지만, 기록에 따르면 이때도 벌써 전기기관차였다는 말이 있다. 어쨌건 지금은 전기기관차이다.

일행은 미나카미水上 역으로 이동한다.

유자와 쪽에서 보자면 여기는 터널의 저편, 도쿄에서 오다보면 군마현의 끝자락이다. 지금도 2시간에 한 대꼴로 열차가 다닌다. 터널을 통과해 유자와를 거쳐 나가오카까지 간다.

눈발은 간간이 흩뿌리지만 유자와와 비교하면 눈도 아니다. 그러나 여기서 가까운 온천과 스키장도 많아, 열차에서 내리는 손님을 실어나르려는 차량이 분주하다. 역 앞에는 예쁜 상점이 발길을 멈추게 한다.

오후 1시 45분, 열차가 출발하는 시각이다.

이내 터널로 들어서면 터널 안에서만 두 군데 역에서 정차한다. 터널 속 역사가 이채롭다. 아주 긴 계단을 올라 산중턱쯤 마을이 있단다.

13킬로미터의 끝, 드디어 아스라이 입구에서 비춰오는 하얀 햇빛, 그래서 앞에서 썼다. "터널을 빠져나와 휴우, 하고 안도의 한숨을 내쉬는 순간, 눈앞에는 온통 눈의 나라가 펼쳐졌다"고.

2

이 터널을 두고 두 가지 적어야 할 것이 있다.

소설의 첫 대목 '국경의 긴 터널'에서 '국경', 그리고 두 개의 시미즈 터널에 얽힌 비밀이다.

설국 기행에서 빼놓을 수 없는 또 한 가지 이벤트가 일본 작가와의 만남이다. 올해는 『세상의 중심에서 사랑을 외치다』의 작가 가타야마 교이치片山恭一가 예정되어 있다. 2011년 기행 때는 아사다 지로淺田次郎를 만났었다. 『철도원』으로 우리에게 익히 알려진 작가이다.

동행 취재했던 경향신문의 이영경 기자가 쓴 기사의 일부를 먼저 보자.

"몰락한 명문가의 아이가 소설가가 되는 경우가 많다." 이것은 가와바타 야스나리가 했던 말이다. 아사다 지로가 소설가가 되기로 결심한 계기도 바로 그것이었다. 유복한 집안에서 태어났지만 집안의 몰락으로 방황하던 그는 가와바타의 그 말에 자극받아 소설가가 되기로 결심했고, 온갖 직업을 전전하다 서른여섯에 늦깎이로 등단했다. 가와바타는 고난과 방황 속에서도 그가 소설가의 꿈을 포기하지 않게 만든 등대와 같은 존재였다.

'몰락한 명문가'가 어느 정도였는지 모르지만, 아사다의 생애는 파란만장 자체였다. 그에게 '등대와 같은 존재'로서 가와바타는 자리매김되어 있다는 소식이 새삼스러웠다. 이기자는 아사다의 다음과 같은 발언을 그대로 인용하였다.

"가와바타가 『설국』을 쓴 곳인 다카한 료칸으로 신혼여행을 갔을 정도로 그를 좋아했습니다. 그의 모든 책을 읽었고, 작가가 되려고 공부하던 시절에 그의 원고 전부를 옮겨 적기도 했죠. 『설국』의 첫 구절은 일본 근대문학사에서 가장 유명한 구절이라고 생각합니다. 『철도원』을 쓸 때에도 『설국』

을 의식하면서 마음에 드는 풍경을 묘사하기 위해 고쳐 쓰곤 했습니다."

눈이라고 하면 뒤지지 않을 장면이 『철도원』에도 있다. 아사다는 『철도원』의 무대인 오타루를 가본 적 없다고 했다. 어라, 그러면 눈 장면은? 『설국』의 묘사와 유자와의 풍경을 머리에 떠올리곤 했단다.

3

강연에 앞서 아사다는 보드 판에 『설국』의 첫 세 문장을 써내려갔다. 정확히 기억하고 있었다.

국경의 긴 터널을 빠져나오자, 눈의 나라였다.
밤의 밑바닥이 하얘졌다.
신호소에 기차가 멈춰 섰다. (유숙자 번역)

그러면서 물었다, '국경'이라는 단어를 어떻게 읽는가.

일본어로 '국경'은 두 가지 발음이 가능하다. 한자의 음독으로 읽는 '곳쿄', 그리고 훈독으로 읽는 '구니자카이'이다.

일본은 고대 왕권국가부터 중국식 제도를 본받아 따라했다. 중국처럼 나라 중앙에는 천황이 있고, 지방은 천황으로부터 권한을 위임받은 왕이 있었다. 왕이 다스리는 지역을 '국國'이라 하였다. 따라 할 생각조차 못한 우리였는데, 섬나라 주제에 무엄하기는……

예를 들어 미나카미 역 쪽은 상야국上野國이었고 유자와 역 쪽은 월후국越後國이었다. 소설에서 말한 국경이란 상야국과 월후국의 경계를 말한다. 오늘날 우리가 쓰는 국경의 개념과 다르다. 이때 상야국은 우에노구니, 월후국은 에치고구니라고 읽는다. 그렇다면 국경은 구니자카이라고 읽어야 맞다. 경境의 일본어 훈독이 사카이이다. 일본어에는 'ㅣ' 모음 밑에서 '사'가 '자'로 바뀌는 음운법칙이 있다. 그래서 '사카이'가 '자카이'로 발음되는 것이다.

아사다 지로는 자신 또한 이렇게 읽어야 맞다 생각한다고 했다.

그런데 일반적으로 일본인은 이 부분을 '곳쿄'로 읽는다. 음독하는 것이다. 가와바타 야스나리가 녹음해놓은 이 대목을 들어보면 '곳쿄'라 발음하고 있다.

왜 그럴까?

사실 이즈음 일본 젊은이에게 '구니자카이'는 옛말일 뿐이다. 시절 또한 변하여 왕권국가도 아니다. '곳쿄'가 훨씬 일반적으로 다가오는 것이다. 그렇다면 문제의 출발은 이 단어를 쓴 작가에게로 돌아간다. 군마현과 니가타현의 경계를 국경이라 표현해서는 안 되었다. 굳이 쓰자면 현계縣界나 현경縣境 정도여야 맞다.

그런데도 가와바타는 국경이라 썼다.

나는 중학생 때 이 소설을 처음 읽었는데, 국경이 나라 사이의 경계를 뜻하는 요즘 의미의 그것으로 다가왔고, 국경을 넘는다는 묘한 매력이 단박에 소설 속으로 끌어들였던 것 같다. 가와바타는 그것을 노렸을까?

더욱이 일본의 옛날에는 이 단어를 자연스럽게 쓴 역사가 있으므로 전거의 걱정도 없다.

정말이지 '국경의 긴 터널'이 '현경의 긴 터널'로 나왔더라면 굳이 읽어나가지 않았을 수도 있다.

4

시미즈 터널 이야기를 덧붙여야겠다.

일본은 근대화에 목을 맨 나라였다. 근대화란 곧 서구화였다. 탈아입구脫亞入歐, 곧 아시아를 벗어나 유럽으로 들어가자는 외침이 자연스럽게 횡행했다.

근대화의 하나의 상징이 철도였다. 철도 놓기에 일본처럼 열심인 데가 또 있을까?

오래된 일본의 프로야구 팀은 철도회사가 모태이다. 오사카 사람들의 자랑인 한신 타이거즈는 한신철도회사가 주인이다. 오사카와 고베를 잇는 사철私鐵이다. 거기에는 백화점이 따라온다. 시내 한복판에 철도 기점이 있고 역사驛舍는 백화점 건물과 함께 쓴다. 전철을 타고 와 백화점에서 쇼핑하고, 그 전철을 타고 교외로 나가면 야구장이 있다. 도쿄에는 세이부 라이온스가 이와 똑같다. 세이부 신주쿠와 세이부 이케부쿠로 두 노선의 기점에는 세이부 백화점이 있고 교외에는 라이온스 돔 경기장이 있다. 철도와 백화점과 프로야구―. 근대화의 상징이다.

또다른 경우가 신문사와 프로야구 팀이다. 최고 인기 구단 요미우리 자이언츠는 요미우리신문사가 주인이고, 주니치 드래건스는 나고야名古屋의 주니치신문사가 주인이다. 신문 또한 근대화의 상징 아닌가.

철도, 백화점, 신문, 프로야구……, 이 네 가지만 이으면 일본의 근대화의 속성이 밝혀진다.

1930년대가 되자 기술은 일취월장했고, 그 기술의 끝을 보여주기 위한 대역사가 바로 13킬로미터의 시미즈 터널이었다.

당시 세계 최장이었다. 설국 기행에 온 분들에게 이런 설명을 하며 나는 일본의 근대화를 말한다. 그러므로 이제 시미즈 터널을 재래선으로 한 번 통과하면서 소설 『설국』만이 아니라 일본의 근대를 읽어보자 말한다.

5

미나카미 역에서 출발한 열차가 예의 지하 역 두 군데를 지나 유자와 로 향한다. 지하 역은 미나카미 역 쪽 군마현의 지역에 있다. 눈발 듬성 듬성한 미나카미를 뒤로하고 깊은 어둠 속으로 들어간 열차는 속도를 낸다. 열차 안의 스팀이 폭폭 거린다. 온몸이 녹으면서 자칫하면 긴 어둠 속에 깜박 잠들 수 있다.

"터널을 벗어나는 순간을 보지 못하면 소설의 절반을 놓치는 겁니다."

나는 사람들에게 짐짓 겁을 준다.

그런데 여기 한 가지 비밀이 있다.

시미즈 터널.

지금 우리 열차는 『설국』의 주인공이 타고 간 선로를 지나가지 않는다. 왜 그런지 그 까닭을 설명해본다.

처음 시미즈 터널은 단선이었다. 나중에 나란히 하나를 더 뚫어 신시미즈 터널이라 부르고, 시미즈는 상행선 신시미즈는 하행선으로 쓰이게 되었다. 우리는 지금 하행선을 타고 있다. 그러니까 미나카미에서 유자와로 가는 신시미즈 터널을 통과하고 있는 것이다. 가와바타가 열차를 타고 통과하던 때는 시미즈 터널이었다. 결국 무슨 말인가. 가와바타가, 아니 가와바타가 그린 시마무라가 터널을 벗어나며 봤던 방향의 설국은 결코 우리 눈에 들어올 리 없다.

물론 두 터널 사이는 불과 10여 미터 차이밖에 나지 않지만……

첫 세 문장의 마지막이 "신호소에 기차가 멈춰 섰다"이다. 신호소가 필요한 것은 단선이었기 때문이다.

저녁 풍경의 거울

1

비록 10여 미터의 사이를 두고 벗어난 터널이지만 겨울 풍경은 감격적으로 다가온다. 터널로 지나온 저쪽, 산맥 저쪽의 미나카미 역에 흩뿌리던 눈이 아니다. 만화영화 같은 환상이 거기 펼쳐진다.

터널을 빠져나온 열차가 작은 역에 선다.

쓰지다루土樽一.

역무원이 없는 무인역無人驛이다. 한때 이 시골이 번성하던 때의 아련한 모습만 남았다.

하기야 『설국』 속에서 이곳은 역도 아닌 신호소였다. 단선의 터널 이쪽에서 저쪽과 교통정리하던 곳이었다. 멈춰 서 대기하는 열차의 창문을 열고 요코가 랜턴을 든 역장에게 소리치는 곳이다. 시마무라는 유리에 비친 요코의 얼굴을 훔쳐보다, 청아한 목소리에 문득 정신을 차리지 않았는가. 신호소에서 역으로 다시 무인역으로 세월은 무심하다.

나는 중학생 때 형이 사온 세계문학전집의『설국』를 꺼내들다 한 장의 화보에 눈길을 멈추었었다. '국경의 긴 터널'을 지나 눈이 내릴 이국의 역사驛舍는 단출했었다. 사진 속의 역사는 유인시대有人時代였을 것이다. 이제 그 역사에 나도 내려본다.

시마무라가 찾은 12월에서 한 달쯤 지난 뒤이다. 내 현장은 소설보다 눈이 더 쌓였으리라.

2

어느 해 겨울엔가는 이 역에 내리지 못한 적도 있었다. 눈이 너무 내려 열차 운행이 중지되었기 때문이다. 열차가 다니더라도 역 앞까지 우리를 데리러 올 버스가 눈길에 막혀 오지 못하면 역에 내려서는 안 되었다. 역에 내리고 못 내리고는 오로지 하늘에 달렸다.

겨우 눈을 헤치고 역 앞에 나서는 경우가 많았다. 그런데 오늘은 아주 운이 좋다. 적당히 내린 눈이 역사 이곳저곳, 그리고 역사에서 터널까지 가는 길을 터주었다.

나는 이 길이 어디보다 좋다. 설국 기행의 가장 기다려지는 곳이다.

열차가 두세 시간에 한 대꼴로 다니기 때문에 터널 앞까지 가보아도 위험하지는 않다. 우리가 쓰지다루 역에 내린 시각에서 이제 겨우 30분쯤 지났다.

그런데 한번은 경을 친 적이 있다.

그해 겨울에는 기차를 타지 못했다. 눈이 너무 와서 운행 중지. 하릴없이 버스를 타고 다시 유자와 쪽으로 건너왔을 때 잠시 눈이 멈췄다. 버스로 터널 앞까지 이동하기로 하였다. 터널 입구라도 보자는 것이었다. 다행히 버스가 다니는 길은 열려 있었다. 그렇게 터널 앞에 이르렀을 때 다들 조금은 아쉬움을 던 듯했다.

문제는 그다음이었다. 철도 운행이 재개된 것이었다. 쓰지다루 역에서 출발한 열차가 시미즈 터널을 향해 오고 있었다. 이쪽이 상행선이라고 하지 않았던가. 터널 쪽에서 아닌 역 쪽에서 출발한 상행선이었기에 망정이지, 터널 백여 미터 앞에서 우리 일행을 발견한 열차가 기적을 울리지 않았더라면? 기적은 하늘을 찌르는 듯한 소리였다.

그렇게 우리가 열차를 세웠다. 자랑거리는 아니다. 창피하기까지 했다. 서둘러 터널 주변을 벗어나며 우리는 중국 사람처럼 마구 떠들었다.

3

시마무라가 열차를 타고 터널을 벗어난 시각은 저물 무렵이었다. 터널에서 유자와 역까지는 쓰지다루 말고도 역이 두 군데 더 있다. 그때는 30분쯤 걸리는 거리였던 모양이다.

이 시간 내내, 아니 그 이전부터 줄곧 시마무라는 유리창에 비치는 요코의 모습을 훔쳐본다.

소설에서는 신호소이고 지금은 쓰시다루 역이라 불린다.

도쿄의 밤은 빨리 찾아온다

시미즈 터널.

거울 속에는 저녁 풍경이 흘렀다. 비쳐지는 것과 비추는 거울이 마치 영화의 이중노출처럼 움직이고 있었다. 등장인물과 배경은 아무런 상관도 없었다. 게다가 인물은 투명한 허무로, 풍경은 땅거미의 어슴푸레한 흐름으로, 이 두 가지가 서로 어우러지면서 이 세상이 아닌 상징의 세계를 그려내고 있었다. 특히 처녀의 얼굴 한가운데 야산의 등불이 켜졌을 때, 시마무라는 뭐라 형용할 수 없는 아름다움에 가슴이 떨릴 정도였다.

영화의 이중노출처럼 움직이는 요코의 모습, 역장을 부르던 "슬프도록 아름다운 목소리"와도 겹쳐졌겠다. "높은 울림이 고스란히 밤의 눈을 통해 메아리쳐오는 듯한" 목소리였다. 그것은 "뭐라 형용할 수 없는 아름다움"이었다.

소설 『설국』은 아홉 편의 단편이 묶였다. 그 가운데 가장 먼저 발표한 단편이 「저녁 풍경의 거울」이다. 위에 인용한 구절에서 나온 제목이었다.

4

유자와 역은 지금 신칸센이 서는 큰 역으로 바뀌었다. 도쿄에서 니가타까지 가는 신칸센의 중간 역이다. 이 철도가 놓이면서 유자와까지 걸리는 시간은 절반 이하로 줄었다.

지금 일본 사람들에게 유자와는 온천을 낀 스키의 고장으로 더 알려져 있다. 아니, 사실은 처음부터 그랬다. 가와바타 야스나리가 이 동네에서

『설국』을 쓰고, 이 소설이 노벨문학상을 받기 전까지는 말이다. 그러나 『설국』으로 인해 더 유명해졌지만 어느새 본디 유명한 그것으로 돌아가 있다.

유자와의 새 역이 만들어지면서 그 안에 명물이 하나 생겼다. 니혼슈 日本酒 시음장이 그것이다.

니가타에서는 최고의 니혼슈가 생산된다. 우리에게도 많이 알려져 있는 구보타久保田, 핫카이산八海山 같은 상표가 여기서 난다. 그러나 알고 있는 상표가 그것일 뿐, 니가타현 안에 꽤 규모를 갖춘 니혼슈 회사만 백여 개, 상표는 6백여 개가 넘는다. 매일 한 가지 상표만 마셔도 다 맛보는 데 2년은 걸린다는 계산이다.

니가타가 어쩌다 술의 고장이 되었을까?

답은 간단하다. 좋은 쌀과 맑은 물 때문이다. 그리고 이 두 가지를 받치는 것이 에치고越後 산맥 때문에 내리는 눈이다.

해발 2천 미터가 넘는 봉우리로 이어지는 에치고 산맥은 남북으로 길게 누워 동서를 가른다. 산맥 동쪽이 니가타현이거니와, 시미즈 터널은 이 산맥의 한쪽을 뚫어 동서 간 통로로 마련한 것이었다. 겨울이면 눈을 담뿍 머금은 바람이 북서쪽에서 불어오는데, 이 산맥을 넘지 못하고 쏟아부어버린다. 산맥에는 연 평균 3미터가 넘는 눈이 내려 쌓인다.

봄이 오고 눈은 녹는다. 수량이 가히 짐작가지 않는가. 계곡으로 흐르고 또 땅속으로 스며들어 흐른다. 에치고 평야 너른 들판의 속과 겉이 자양분 가득 담은 물로 적셔진다. 따로 거름이 필요 없을 정도이다.

천혜의 자연 조건이 좋은 쌀과 맑은 물을 제공해준다. 좋은 술에게 가장 필요한 원료이다.

5

하지만 좋은 술이 어디 좋은 원료만으로 만들어지겠는가. 술맛을 알고 술이 절실하게 필요한 곳이라야 한다.

니가타는 1년 중 6개월은 눈이 내린다. 그 가운데 한겨울 3개월은 사람을 아예 꼼짝 못하게 만드는 눈이다. 지금이야 사정이 다르지만, 오랜 세월 동안 고립된 겨울을 보내던 니가타 사람들에게 술은 절실한 것이었다. 그렇게 만들어 먹던 술이 이제 세상 밖으로 퍼져 유명해진 것이다.

유자와 역의 니혼슈 시음장 이야기로 돌아가야겠다.

역과 상가가 함께 있는 복합 건물은 여느 시골역과 다르다. 그 상가의 한쪽에 시음장이 자리잡고 있다. 대두병이라 부르는, 한 되들이 병을 호기롭게 둘러맨, 실물 크기의 남자 인형이 눈길을 끈다. 이윽고 술에 만취한 이 남자는 병을 베개 삼아 드러누웠다.

5백 엔을 내면 코인 다섯 개를 준다. 회사마다 자기네 대표적인 상품을 전시한 벽면, 물경 2백여 가지가 넘고, 술을 만드는 데 쓰는 각종 소금이 홀 가운데 놓여 있다. 한 잔 마시고 조금 찍어 먹으면 바로 안주이다. 작은 잔 다섯 개가 별것 아니게 보이지만, 그렇게 다섯 잔을 마시고 나면 얼근해진다.

　　나비, 잠자리랑 귀뚜라미
　　산에서 울어대는
　　방울벌레, 귀뚜라미, 철써기

　얼근해 진 나는 "애처롭고 맑게 트여 메아리칠 듯한 목소리"의 요코가
부르던 노래를 흥얼거려본다. 요코는 이런 노래도 불렀다.

　　뒤꼍으로 나가보니

　　배나무가 세 그루

　　삼나무가 세 그루

　　모두모두 여섯 그루

　　밑에선 까마귀가

　　집을 짓는다

　　숲속의 귀뚜라미

　　뭐라고 지저귀나

　　오스기お杉의 동무 무덤

　　성묘 가세

　　성묘 가세

유자와 역의 니혼슈 시음장. 입맛 다시라고 소금도 종류별로 진열되어 있다.

도쿄의 밤은 빨리 찾아온다

〰〰

밤의 밑바닥

1

『설국』의 두번째 문장 "夜の底が白くになった"를 번역하여 '밤의 밑
바닥이 하얘졌다'라거나 '밤의 밑바닥이 환해졌다'가 흔하지만, '하얘
지다'인지 '환해지다'인지, 어느 말을 쓰느냐에 따라 문장의 느낌은 조
금 달라진다. '백白'은 한시에서도 '희다'와 '환하다'의 뜻으로 갈려 쓰인
다. 월백月白은 '달빛이 환하다'라고 해야 맞다. 그런데 여기서는 앞 문
장의 설국 다음에 따라오다보니, 백의 주체가 눈이라고 하면 희거나 환
한 것으로 둘 다 쓸 수 있다. 그러나 이 또한 환하다 쪽으로 봐야 더 옳지
않을까.

내가 더 의아해하기로, '밤의 밑바닥'이라 번역한 '요루노소코夜の底'
이다.

'소코底'는 분명 밑바닥이라는 뜻이다. 비슷한 용례로 '가와노소코川の

底’는 강바닥이고, '우미노소코海の底'는 바다 밑바닥이다. 그에 따라 직역하자면 밤의 밑바닥이라 할 수 있겠다.

그런데 밤의 밑바닥이 무슨 뜻?

숙어로는 요루노소코가 어둠, 암흑이라 쓰인다. 터널을 빠져나와 흰 눈 덮인 바깥을 보니, 차창의 불빛을 받아 흰 눈이 어둠을 몰아내 환해졌다는 뜻 아닌가.

2

겨울밤의 밑바닥은 언제나 환하다. 조금씩 술을 넘기며 밤을 새기도 좋다.

한 나라의 술이 그 나라 사람을 닮았다고 한다면 일본의 청주와 일본인은 정말 그렇다고 고개가 끄덕여진다. 아예 이 술을 그들 자신이 니혼슈라고 부르고 있으니, 그 말속에서 스스로도 어떤 상관관계를 인정한 것이리라.

청주 대신 우리가 흔히 말하는 정종은 마사무네正宗라는 수많은 청주의 상표 가운데 하나다. 한국 소주의 진로라고나 할까.

청주는 알코올 함유량이 15퍼센트 정도, 그다지 독한 술은 아니다. 그러나 부드럽고 녹녹한 맛에 경계심 없이 마시다보면 어느 순간 '꼭지가 팩 돌고' 만다. 겉은 부드러운 듯 감싸고 그러나 서서히 중신을 공격해 들어오는 술이 청주다. 그래서 청주가 일본인을 닮았다고 말하면 자칫

욕이 될 수도 있겠지만, 사실 그래서 하는 말만은 아니다.

실생활에서 일본인에게 청주는 매우 필요한 술인 듯하다. 그것은 특히 겨울 날씨와 관련이 있다.

일본의 겨울은 차갑고 음습하다. 바깥 기온은 낮지 않지만 난방을 하지 않기에 그렇다. 게다가 다다미인데, 이런 방의 구조를 가지게 된 것은 여름의 고온다습한 날씨를 이겨내자는 데 있었지, 이 사람들이 굳이 겨울을 춥지 않게 느껴서는 아니다. 어쨌건 겨울철에 뜨끈한 온돌로 단련된 우리 같은 한국인에게 가장 큰 고역이 난방 안 된 다다미에 몸을 뉘는 일이다.

그러나 어디 한국인만 그러랴, 일본인 자신들도 겨울의 추위에 몸서리치기는 마찬가지. 바로 그때 마시는 뜨끈한 청주는 더할 나위 없이 좋다. 오래도록 홀짝홀짝 마시다보면 몸은 훈훈해진다. 독하지 않게, 좋은 쌀로 빚어 청주를 마시는 습관은 그렇게 해서 생겨났나 싶다.

실생활의 필요에 따라 생긴 것도 역사화되고 상징화되는 경우가 있다. 일본인에게 청주가 그럴 것이다. 부드러운 듯 서서히 중심을 향해 공격해 들어오는 술, 아니 일본인이라는 관념은 거기서 태어난다.

3

눈 내리는 밤

사박사박 눈길을 걸어 청주清酒 한 병 사오고, 그 술을 닮은 나라의

기숙사에서 만난 선배는 홋카이도 이야기를 한다
거기 경주마 키우는 목장의 우리에서 여섯 달 된 망아지와
어미 말을 처음 떼어놓는 날의

축사에 들어서면 가운데 통로가 있고, 양옆으로 한 마리씩 들어가는 우리가 나란하고, 어미와 한 우리에 살던 망아지를 처음 제 우리에 혼자 넣을 때는 우물쭈물해선 안 된다
망아지 날뛰는 것 본 적 있어? 그거 아무도 못 말려……, 선배는 목을 축이고
망아지가 제 우리 앞에 이르면 잽싸게 들어넣고 문을 쾅 닫는다. 훈련된 어미 말은 주루주루 주인을 따라가지만, 돌연 혼자된 망아지는 지쳐 잠들도록 울어쌓는데, 그렇다고 가여워 해서도 안 된다

아이들아, 이 아비도 그러고 떠나왔을까
아침이면 놀이방에 들여보낼 때
경주마도 아닌 나는 어찌 그다지 모질었을까

기숙사의 밤은 깊어가고, 눈은 내리고

이제 들판의 풀밭이 망아지의 어미, 경주장의 모래를 박차고 달릴 억센 다리를 기우는 대지, 리고 나는 머리에 쓴다

도쿄의 밤은 빨리 찾아온다

잠시 온풍기 돌아가는 소리만

눈 섞인 청주 한 모금 넘어가는 소리만.

—「말 이야기」 전문

4

홀로 때로는 벗과 함께 겨울밤에 나눈 청주 한잔을 기억한다. 때로 즐겁고 때로 가슴 아픈 일이었다.

그냥 재미로 했던 일 하나—.

아침에 다카한 여관을 나가면서 내 방 테라스에 술 몇 병을 내놓는다. 밤에 돌아와보면 종일 내린 눈이 테라스에 가득 쌓였다. 술병은 눈 속에 묻혀 있고.

설국 기행의 첫해였던 것으로 기억한다. 시인 정일근 형이 동행하였었다. 저녁에 여관으로 돌아온 그는 술병을 눈 쌓인 테라스에 꽂아두고 나를 불렀다. 천연 냉장고였다. 테라스의 술병은 그렇게 해서 생긴 전통이다.

그렇게 밤을 보내고 아침이 오면 세상은 순은純銀으로 빛난다.

거울 속에 하얗게 빛나는 것은 눈이었다. 그 눈 속에 여자의 새빨간 뺨이 떠올라 있다. 이루 말할 수 없는 맑고 깨끗한 아름다움이었다. 이젠 해가 떠오르는지, 거울 속의 눈은 차디차게 불타는 듯한 광채를 더욱더 짙게 띠어

다카한 여관 테라스에 내놓은 술병과 캔.

도쿄의 밤은 빨리 찾아온다

갔다. 그에 따라 눈 속에 떠오르는 여자의 머리카락도 선연한 자줏빛이 도
는 검은색을 강하게 띠었다.

『설국』의 두번째 단편은 「하얀 아침의 거울」이었다. 거기서 여주인공
고마코를 묘사한 대목이다. 아니 고마코로 상징되는 눈 속의 겨울을 묘
사한 것이다.

· 3 ·

2016년 1월 30일 토요일
—
죽음의 유희
—
아쿠타가와상
—
이중언어에 놓인 소설의 운명

유자와 고원.

∾∾∾

2016년 1월 30일 토요일

1

오늘은 도쿄로 돌아가는 날이다. 목요일 밤에 도착하여 2박 한 유자와
의 3일째이다. 아침까지 사흘간 눈은 마침맞게 내려주었다.

유자와를 떠나기 전 케이블카를 타고 고원으로 올라갔다.

족히 백 명은 탄다는 케이블카는 사실 스키 관광객을 위해 마련된 것
이다. 케이블카가 올라가는 발밑으로 스키장이 보이지만, 이는 초보자
용으로 산모퉁이에 만들어져 있고, 케이블카에서 내리면 고원이요 거기
서부터 산 정상 쪽으로 진짜 스키장이 나타난다. 심지어 또다른 케이블
카를 타고 협곡 저 너머로 건너가기도 한다.

고원은 정상이라기보다 산의 8부 능선쯤 되는 곳이다. 해발 7백 미터,
여기서 유자와 마을 선체가 한눈에 들어온다.

다만 눈이 어지간히 내려야 한다. 폭설에는 고원에 서 있기도 곤란하

고, 마을 아래가 보이지도 않는다. 오늘은 잠시 눈이 멈춘 맑은 오전이다. 아주 운이 좋다. 멀리 니가타 산맥의 최고봉인 핫카이산八海山도 보였다.

한쪽에 이탈리안풍의 카페가 서 있다.

눈이 너무 오면 대피할 산장의 역할도 한다. 고원의 눈 구경을 마치면 이곳에서 차 한잔하기 좋다.

2

사람들은 눈 구경에 실컷 즐거웠으면서도 이제 이곳을 떠날 시간이 다가오는 것이 섭섭한 모양이다. 시마무라도 그랬다. 눈의 나라에 와서 보낸 시간을 뒤로하고 도쿄로 돌아가는 풍경을 그린 대목에 그것이 여실하다.

접경의 산을 북쪽으로 올라가 긴 터널을 빠져나가자 겨울 오후의 엷은 햇살은 땅속의 어둠으로 빨려들어가버린 듯이, 그리고 낡아빠진 기차는 환한 껍데기를 터널 속에다 벗어버리고 나온 듯이, 이젠 봉우리와 봉우리의 겹쳐진 부분으로부터 황혼 빛이 깔리기 시작하는 산골짜기를 내려가고 있었다. 이쪽에는 아직 눈이 없었다.

그랬다. 산 하나를 두고 이쪽에는 눈이 없다. 유자와는, 거기만 펑펑 눈이 내리는 마을은 어쩌면 동화 속의 별세계이다. 그 세계는 우리가 범

접하기야 쉬워도 데려갈 수 없다. 다만 우리도 우리의 환한 껍데기를 터널 속에 버려두고 도쿄로 돌아갈 뿐이다.

3

전후 4년에 걸쳐 산 곳이었다고, 도쿄에 오면 제 집에 든 느낌이다. 이제 도쿄로 간다.

버스를 탄 일행은 오던 길을 거슬러 니가타를 뒤로하고 군마현을 지난다. 현청이 있는 마에바시前橋에 이르자 눈은 눈 씻고도 찾을 수 없다. 조금 전 유자와의 눈밭이 꿈결 같다.

토요일 오후의 고속도로는 스키장을 찾는 차량으로 붐빈다. 물론 우리와는 반대 차로이다. 이 고속도로로 유자와는 물론이지만 나가노長野로도 갈 수 있다. 1998년 동계올림픽이 열렸던 그곳이다. 그래서 시설로나 수효로나 유자와보다 훨씬 윗길이다.

고속도로 연변에 심은 동백이 짙은 녹색으로 울울하다.

시내로 들어서서 신호에 걸려 서 있을 때마다, 지나는 사람들이 우리 버스를 자꾸만 쳐다본다. 웬만해서는 남에게 눈길을 주지 않는 일본 사람들이다. 무슨 일인가 싶었는데, 버스 지붕에 얹어 있는 눈 때문이었다. 사흘간 담뿍 맞은 눈이 3시간을 넘게 달려왔는데도 아직 남아 있다. 눈 구경하기 힘든 도쿄 사람들로서는 재미난 구경거리였던 것이나.

그래, 우리는 그런 눈의 나라를 다녀왔다.

나는 아주 대단한 일이나 한 것처럼 약간 뻐기는 태도로 버스의 의자
에 기대 앉아 있다.

4

우리나라도 그렇지만 일본의 도쿄 집중 현상도 문제라면 문제이다.

흔히 오사카를 제2의 도시라고 하지만, 도쿄와의 격차는 갈수록 커진
다. 오사카는 이제 도쿄 옆의 요코하마보다 작은 도시이다. 우리나라 인
천이 부산보다 큰 도시가 된 것이나 마찬가지이다.

수도가 커지는 것은 어쩔 수 없는 일일까.

시바 료타로司馬遼太郎의 유명한 소설 『언덕 위의 구름』에는 이런 장면
이 나온다.

주인공 아키야마는 무너진 막부의 말단 사무라이였다가 메이지 유신
정부가 세운 소학교의 교사로 취직하였다. 소학교는 국민개교육의 기치
를 내걸고 마을마다 세워지지만 교사가 절대 부족하였다. 실업자 신세
가 될 뻔했던 아키야마는 사무라이로 있으면서 익힌 알량한 문자 실력
때문에 교사가 된 것이다. 운이 좋기도 했다.

시코쿠四國 지방은 일본에서도 '깡촌'이었다. 아키야마는 그런 시골의
사무라이였는데, 소학교 교사가 된 것만도 출세였지만, 어느 날 선배로
부터 혹한 제의를 받는다.

─아키야마군. 사관학교라는 것이 생겼는데, 여길 졸업하고 임관하면

도쿄의 아스카야마.

도쿄의 밤은 빨리 찾아온다

월급이 교사보다 세 배는 된다네. 가보지 않겠나.

월급이 세 배? 지금 소학교 선생도 사무라이보다 세 배는 더 받고 있었다. 그런데 거기서 또 세 배? 마다할 리 없었다. 더욱이 군인이 된다고 하니 무사였던 시절과 비슷하다 싶었다. 유신 정부가 대단하긴 한 모양이었다. 돈 벌면 출세나 다름없고, 시골 사무라이 출신의 아키야마 같은 청년에게 이만한 기회가 어디 있을까.

아키야마는 도쿄로 가서 시험에 응시하였다.

그런데 문제는 여기서 터졌다. 시골 출신 아키야마는 사관학교 입학 시험에서 무슨 과목을 치르는지조차 모르는, 정보로서는 깜깜 절벽이었다. '촌놈'을 절감하는 순간이었다.

정면에 문제가 붙여졌다.

「아스카야마飛鳥山에서 놀다.」

라는 것이 제목이었다.

아키야마는 무슨 말인지 몰랐다. 아스카야마라는 산이 이 세상에 있다고는 꿈에도 알지 못한 것이다.

아스카야마란 우에노, 스미다가와 언덕과 나란히 도쿄에서 벚꽃의 3대 명소인 것이다. 산이라고 해도 언덕 같은 것이어서, 기슭을 오토나시가와가 감싸고, 정상을 걸으면 아라가와의 흐름을 바라보면서 고노다이나 쓰쿠바산을 볼 수 있다. 도쿄 사람이라면 아이라도 그 지명을 알고 있으리라.

하지만 아키야마는 알 리가 없다.

(이건 산 이름이 아니야. 나는 새飛鳥, 산에서 놀다, 라고 읽어야만 하지

않을까.)

—『언덕 위의 구름』에서

작문 시험에 나온 문제를 푸는 광경이다. 도쿄에서 살아보지 못한 아키야마가 도쿄 소재의 지명을 알아보지 못하고 엉뚱한 답을 써내려간 것이다.

아스카야마는 지금 도쿄의 기타구北區 구립공원이다.

소설에서 쓴 것처럼 벚꽃의 명소이다. 이미 에도 시대 때에 행락지로 만들어졌고, 메이지 유신이 일어난 6년 뒤인 1873년 우에노 공원과 함께 서양식 공원으로 지정되었다. 소설 속의 아키야마가 도쿄에 시험을 치러 오기 4년 전의 일이었다.

이 공원 안에는 시부자와 에이이치渋沢栄一, 1840~1931의 저택이 남아 있다. 국가 중요 문화재이다.

이런 거창한 저택을 소유했던 시부자와는 누구인가.

에도 시대 말기에는 사무라이로, 메이지 유신 이후에는 관료와 실업가로 활약한 시부자와를 일본에서는 '일본 자본주의의 아버지'라 부른다. 제일국립은행, 도쿄증권거래소의 설립자라는 이력만 봐도 그렇다. 일본의 노벨상 수상의 산실인 이화학연구소理化学研究所의 창설자이기도 하였다.

'촌놈' 아키야마 이야기가 길어졌다. 소학교 교사 세 배의 월급에 탐이 나 무조건 상경한, 시험 문제의 내용도 파악하지 못한 촌놈 이야기는 우리로서도 이해가 가능하다. 서울과 시골의 격차는 서로 비슷하기 때문이다.

그런 아키야마가 나중에 청일전쟁의 영웅이 된다. 동생은 러일전쟁의 영웅이었다. 그래서 그런 뒤를 따라간 우리네 '소영웅'도 얼마간 짚이지 않는가.

5

사실은 저택 이야기를 하려다 이야기가 엉뚱한 곳으로 샜다.

도쿄에 와서 일행이 먼저 찾아간 곳은 일본근대문학관이다. 1963년, 공익재단법인으로 설치된 일본근대문학관은 메구로구目黑区의 고마바駒場 공원 안에 있다.

메이지 천왕 때 여기에는 농업학교가 있었다. 이 학교는 도쿄제국대학 농학부가 되어 혼고本郷, 곧 지금의 도쿄대학 자리로 옮겨가고, 여기에는 혼고에 본디 집이 있었던 옛 가가번加賀藩의 번주인 마에다前田 집안이 옮겨왔다. 땅을 서로 맞바꾼 셈이다.

가가번은 지금의 가나자와현 일대였는데, 에도 시대 최대의 번이었다. 크기나 재력이 작은 번의 20배 이상이었다.

메이지 유신에 성공한 천왕은 이 집안에 후작侯爵 벼슬을 주었다. 그래봐야 명예에 불과한 것이지만, 정부에다 바친 재산 말고도 남은 재산으로 서양식 저택(1929)과 일본식 가옥(1930)을 지을 정도였다. 패전 후 진주한 연합군사령관 맥아더가 이 집에서 살았다.

일본 근대문학관은 마에다 집안의 정원에 세워졌다. 양옥 한 채, 일본 가옥 한 채가 남아 있다.

도쿄의 밤은 빨리 찾아온다

서양식 저택은 한때 일본근대문학관의 전시관과 사무실로 쓰였다. 1996년인가, 내가 처음 이 문학관을 찾았을 때도 그랬다. 운치 있었다.

도쿄의 이곳저곳에 있는 서양식 저택은 이런 연유로 만들어진 경우가 대부분이다.

앞서 아스카야마의 시부자와 저택처럼 메이지 정부에서 출세한 사람, 마에다 저택처럼 옛 번주藩主였다가 귀족으로 임명된 사람.

서양식 저택을 선망한 그들은 다투어 집을 지었는데, 어떤 것은 공익적인 목적으로 공원이 되었거나, 어떤 것은 개인에게 팔려 고급 아파트로 바뀌었다. 일본근대문학관은 전자의 경우인데, 건물로서 그 기능이 쓸만하지 않아 바로 옆에 문학관 전용의 새 건물을 지었다.

6

수령을 헤아리기 힘든 마에다 저택 앞 삼나무 아래에서 나는 두 사람을 떠올린다.

일본의 근대문학을 말하자면 가장 먼저 손꼽는 사람 아쿠타가와 류노스케芥川龍之介, 1892~1927와 일본에서 배운 문학을 생애의 기둥으로 삼은 사람 이회성李恢成, 1935~.

우유를 만들어 파는 아버지 밑에 태어난 아쿠타가와는 겨우 7개월 만에 정신이상을 일으킨 어머니 때문에 외가에 맡겨졌다. 아쿠타가와는 외가의 성姓이었다. 열한 살에 어머니를 잃고 결국 외숙부의 양자가 되었던 것이다.

대표작 가운데 하나인 『라쇼몬羅生門』을 쓴 것은 1915년 도쿄제국대학 영문학과를 졸업하던 스물세 살 때였다.

이회성은 아쿠타가와의 이름으로 만든 상을 받은 작가이다. 1972년 이 상을 수상했을 때 일본인이 아닌 사람으로는 처음이었다. 우리를 자못 흥분케 한 이 일은 사실 일본 안에서도 잔잔한 파문을 일으켰다.

두 사람의 전모를 말하기에 나는 능력이 부족하다. 소설로 또는 인터뷰로, 짧은 만남에서 얻은 느낌을 적어두고 대신하려 한다.

CRMMO

죽음의 유희
아쿠타가와 박영근

1

그가 처음 우리집에 찾아온 날을 기억한다. 눈이 내린 어느 깊은 겨울
밤이었다.

우리집 좁은 마당에는 그해에도 아버지가 파묻은 독에 김장 김치가
담겨져 있었고, 그 늦은 밤, 낯선 손님을 위해 어머니는 새로 밥을 짓고
눈 덮인 독 뚜껑을 열었다.

전남 고흥에서 태어나 벌교에서 산 어머니는 낯선 손님을 위한 느닷없
는 식사 준비가 낯설지 않다. 나는 어려서 할머니에게, 깊은 밤이면 때때
로 찾아왔다는 '좌파들'을, 무슨 여우 난 골 전설처럼 들은 적이 있었다.
적어도 어머니에게 그런 밤은 전설이 아니다. 그래서였을까, 지금도 내
게 그가 우리집을 찾아온 날 밤의 풍경은, 마을로 내려와 밥 한술 뜨고 식
량 얼마를 빌려갔다던 '좌파들'이 나타나는 착각으로 이어지곤 한다.

다만 한 가지, 그는 우리집에 오는 길이 실크로드였다고 말했다.

밥 한 끼 얻어먹고 웬 치사인가?

사실인즉 눈길 위에 떨어진 만 원짜리 지폐 두 장을 주웠던 것이었다. 우리는 깊은 밤 눈길을 되짚어 밖으로 나갔다. 2만 원이 꽤 큰돈이었을 때의 이야기이다. 몇 군데 술집을 거쳐 해장국까지 온전히 그 돈으로 해결할 수 있었다. 그 밤 우리가 나눈 이야기는, 그가 이제 이 세상의 호흡을 하지 않으니 계산해보자면, 온 생애를 걸쳐 나눈 것의 절반은 될 성싶다. 그란 2006년에 세상을 뜬 박영근 시인이다.

세상이 어떻게 되먹어갈지 모르는 세월 속에 우리가 걸었던 밤길은 언제까지나 유효하리라 생각했다.

　　돌이킬 수 없이 달려온, 또 살기 위해 달려갈

　　길 위에서, 길을 잃으며

어쩐지 유사한 밤의, 그런데 "간밤 내내 나를 흔들던 빗소리를 찾아// 내가 홀로 나에게 묻는다"는 그가 그렇게 빨리 답을 주고 가버릴 줄은 몰랐다.

2

아쿠타가와 류노스케의 죽음은 자살이었다. 1927년 7월 24일 새벽,

치사량의 수면제를 먹었다. 그의 나이 불과 35세였다.

아쿠타가와는 다섯 통의 유서를 남겼다. 그 가운데 한 편, 절친한 친구 구메 마사오久米正雄에게 보낸 편지는 '어떤 옛 친구에게 보내는 수기'라는 제목이 붙어 있다. 편지의 첫 대목은 이렇게 시작한다.

아직 자살자 자신의 심리를 있는 그대로 쓴 사람은 아무도 없다. 그것은 자살자의 자존심이나 그 자신에 대한 심리적 흥미의 부족에 따른 것이리라. 나는 자네에게 보내는 최후의 편지에 확실히 이 심리를 전하고 싶다.

일본인들의 자살벽自殺癖에 대해서는 유난히도 엽기적인 데에 초점을 맞추지만, 죽음이 그토록 하찮거나 가벼운 것이 아니므로 일률해서 판단내릴 일은 아니로되, 아쿠타가와의 결심은 죽음과 죽음 이상의 무엇을 생각하게 만든 여러 고비를 만나게 한다.

'자살자의 심리' ― 이것은 그 가운데서도 고갱이였다.

아쿠타가와는 이렇게 말을 잇는다.

자네는 신문의 3면 기사 등에 생활난이라든지 병고라든지 또는 정신적 고통이라든지, 여러 가지 자살의 동기를 발견하겠지. 그러나 나의 경험에 따르면 그것은 동기의 전부가 아닐 뿐만 아니라 대개는 동기에 이르는 도정을 나타내고 있을 따름이다.

그렇다면 그의 자살의 동기는 무엇이었을까.

적어도 나의 경우 그것은 다만 어렴풋한 불안이다. 뭔가 나의 장래에 드리운 다만 어렴풋한 불안이다. 자네는 혹시 내 말을 믿을 수 없는가. 그러나 지난 10년간 나의 경험은, 나에게 가까운 사람들이 나에게 가까운 경우에 있지 않는 한, 나의 말은 바람 속의 노래처럼 사라진다는 것을 가르치고 있다.

다만 어렴풋한 불안, 이 말은 아쿠타가와 유서 가운데서도 많은 이들의 가슴을 쳤던 부분이면서, 적확하게 댈 수 없는 죽음의 동기를 가장 적확하게 표현했다고 일컬어진다.

그러면서 아쿠타가와는, "나는 최근 2년 사이 온통 죽는 일만을 생각해왔다"고 덧붙인다. 그가 생각한 '죽는 일'이란 '구체적으로 어떤 방법을 써서 죽을 것인가'를 말한다. 죽을 이가 한가롭기도 하다. 그러나 그에게 죽음은 그가 맞닥뜨릴 또 하나의 인생사이면서, 모든 인생사가 그렇듯이, 더러 남에게 특히 가족에게 끼칠 좋지 못할 영향이 있어서, 그로서는 결코 그런 짐을 남기고 마지막 길을 택할 수는 없었다는 것이다. 결국 그가 '가장 안전하고 완벽하고 폐 끼치지 않고 죽을 방법'을 생각해내는 과정을 자세히 쓴 다음 이렇게 결론짓는다.

마지막으로 내가 연구한 것은 가족들이 눈치차리지 않게 교묘히 자살하는 일이다. 이것은 수개월을 준비한 다음인데, 어쨌든 나는 어떤 자신감에 도달했다. 나는 냉정하게 이 준비를 마치고, 지금은 오직 죽음과 놀고 있다.

3

　시인은 이미 시를 쓰기 시작한 날부터 죽음과 동행한다. 자살이건 자연사건 무슨 차이가 있을까? 그러나 "죽음과 놀고 있다"는 아쿠타가와의 고백이 감정의 사치만은 아니듯이, 시인 박영근이 마지막 몇 해에 보인 행적은 죽음의 안과 밖에서 스스로를 놓은 유희의 그것이었으리라 나는 감히 생각한다.

　이 겨울밤, 나는 오래전 그 밤의 술자리를 아직 혀끝으로 기억하고 있고, 그래서 통곡하며 이 글을 쓰는 것이니, 단 한 잔만이라도 다시 한번 그와 잔을 부딪치고 싶어도, 이제 영면永眠의 시간일 뿐이다. 오호嗚呼, 애재哀哉라.

아쿠타가와상

1

일본인이 노벨문학상처럼 중요하게 생각하는 아쿠타가와상芥川賞은 우리에게도 많이 알려져 있다.

본디 이 상은 일본의 대표적인 소설가 아쿠타가와 류노스케의 업적을 기념하기 위해 만들어졌다. 1935년부터 매년 봄과 가을 두 차례, 등단 10년 이내의 젊은 작가를 대상으로 심사하여 수상자를 정한다. 대형 출판사인 문예춘추사가 주관하는데, 수상작을 포함 수상자의 대표 중단편 3~4편을 묶어 내주는 수상 기념 소설집은 수십 만 부 넘게 팔린다.

아쿠타가와상이 일본 최고의 권위를 자랑하며 대중적인 인기까지 끌어모은 데는 1956년의 수상자 이시하라 신타로石原慎太郎와 수상작 『태양의 계절』이 역할힌 비 컸다.

우리에게도 『침묵』이라는 소설로 알려진 엔도 슈샤쿠遠藤周作는 1955년 수상자였다. 그때만 해도 '수상식도 신문기자와 출판사 관계자 10여 인이 모여 치른 소박한 것'이었다고 한다. 다음해 이시하라가 등장했다.

이시하라는 대학생이었고, 소설의 내용은 파격적인 젊은이의 탈선으로 가득했다.

유복한 집안 출신의 고등학생인 주인공은 복싱이 취미이고, 술과 여자 그리고 '쌈박질'로 하루하루를 보낸다. 이 소설처럼 살겠다고 설치는 젊은이를 가리켜 '태양족'이라 부르기까지 하였다. 작가의 동생 유지로 裕次郞가 출연한 영화는 불에 기름을 끼얹었다.

유지로는 일본의 제임스 딘이었다.

2

이시하라의 수상 작품집은 백만 부 이상이 팔렸다. 그로부터 4년 전, 아베 코보安部公房의 『벽壁』이 130만 부를 돌파한 이래의 기록이었다. 1958년의 오에 겐자부로大江健三郞의 『사육飼育』은 109만 부, 이 작품은 나중 일본에 두번째 노벨문학상을 안겨주었다.

판매 부수로 가장 화제가 된 것은 무라카미 류村上龍의 『한없이 투명에 가까운 블루』였다. 1976년 수상작으로, 모두 354만 부가 팔렸다.

지금도 일본의 문학계에서 문학상의 가장 중심은 아쿠타가와상이다. 2003년에는 와세다 대학에 재학중인 여학생 와타야 리사綿矢りさ가 수상하였다. 19세, 130회째 아쿠타가와상 역사의 최연소 작가였다. 그래서

였을까, 수상 작품집은 127만 부 넘게 팔렸다.

다소 시들해지던 이 상에 대한 관심이 아연 다시 피어올랐다.

재일한국인 이회성은 첫 외국인 수상자였다. 1971년, 여러모로 화제가 되지 않을 수 없었다.

그로부터 17년이 지난 다음, 1988년에 와서 이양지李良枝가「유희由熙」로 두번째 수상자가 되었다. 이양지는 고국을 무척이나 그리워하고 사랑하더니, 37세의 짧은 일생을 마치고 세상을 떴다. 1996년에는 유미리柳美里가「가족 시네마」로, 1999년에는 현월玄月이「그늘이 사는 집」으로 각각 세번째와 네번째 수상자가 되었다.

3

여기서 한 가지 짚고 넘어갈 점—.

아쿠타가와상이 재일외국인을 수상자로 결정할 때는 다분히 정치적이고 문화적인 배려가 스며든다.

네 명의 재일한국인 수상자는 우연히도 모두 공동 수상자였다. 이회성은 히가시 미네오東峰夫의「오키나와의 소년」과, 이양지는 나기 케이시南木佳士의「다이아몬드 더스트」와, 유미리는 쓰지 히토나리辻仁成의「해협의 빛」과, 현월은 후지노 치야藤野千夜의「여름의 약속」과 공동 수상하였다.

일본 작가의 수상을 서르시 않으면서, 한국인과 중국인 등, 일본 내의 소수민족이 쓰는 작품에 대한 관심을 이렇게 표현하는 것이다.

물론 그렇다고 작품의 질이 떨어진다는 말은 아니다. 도리어 일본 문학의 현장을 풍부하게 한다. 소재와 주제에서 일본 작가가 다루지 못할 일을 재일외국인에게 기대고 있다. 이회성을 비롯한 우리 한국인 출신 작가의 수상작도 재일한국인의 뼈저린 삶이 소재이다.

물론 일본어로 쓰여 일본 내에서 발표한 작품들이다.

4

아쿠타가와상 수상자로 내게 가장 기억에 남는 사람은 오기노 안나荻野安奈이다.

사실 소설 때문이 아니다. 게이오대학 교수인 그녀를 가까이서 자주 보았었기 때문이다. 참 어처구니없는 이유 아닌가.

본명은 안나 가이야르, 1956년 요코하마에서 태어났다. 아버지는 이탈리아계 미국인이고 어머니가 일본인이다. 화가인 어머니의 영향을 많이 받았다고 한다. 초등학생 때 일본인으로 귀화하여 오기노라는 성을 갖게 되었다.

1980년 게이오대학 불문학과를 졸업했고, 프랑스 정부 유학생으로 파리4대학에 유학한 후 귀국하여 게이오대학 대학원의 박사과정을 마쳤다. 1995년에 이 대학의 조교수로 임명되어, 2002년에 교수로 승진하였다. 그러니까 내가 이 대학에 유학하는 동안은 조교수였다.

이국적인 외모가 먼저 눈길을 끌었다.

교수 휴게실 같은 데 어쩌다 가까이서 지나치자면 아주 특이한 향이 났다. 아찔했다.

그런 그녀가 더욱 강하게 각인된 것은 역시 아쿠타가와상 수상 작가라는 점이었다. 1991년 「물지게㫪食い水」로 제105회 수상자가 되었다. 대학원 학생으로 게이오대학의 조교를 하고 있던 때였다.

출판사에서 전화로 수상 소식을 전하자, "아, 상……"이라고 대답했단다.

차분하고 당당한 인상이었다. 상을 받았다고 해서 아니라 전체적인 풍모가 그랬다. 물론 교수로 임용된 데는 수상 경력이 적잖이 감안되었으리라.

아쿠타가와상은 일본 내에서 이런저런 영향력을 발휘하고 있다.

~~~

이중언어에 놓인 소설의 운명
2000년 9월, 작가 이회성과의 만남

1

신주쿠新宿의 담화실 타키자와瀧澤에서 토요일 오후 2시에 만나기로 한 것은, 이회성에게 마침 거기 가까운 안경점을 들러야 하는 외출 건이 잡혀 있었기 때문이다. 그의 집은 미타카三鷹시, 신주쿠에서 전철로 30분가량 걸리는, 1970년대에 개발된 이른바 신도시에 있다.

외출도 가급적 삼가는 편이지만, 연초부터 『군상群像』에 소설을 연재하기 시작하면서, 바깥출입은 물론이려니와 인터뷰 같은 것은 더욱 꺼려왔다고, 지난 7월 초 처음 전화했을 때 들은 바 있었다.

시간과 장소에 관한 한 최대로 배려해드려야 할 형편—.

날짜는 연재소설의 원고가 끝나는 20일경부터가 좋겠다고 하였는데, 하필 9월에는 그 달치 원고 외에 그가 위원으로 참가하는 『신조新潮』의 신인상 심사가 걸려 있었다. 얼쩡얼쩡하다가는 다시 그에게 10월분 원고를 써야 할 시간이 닥칠 것이고, 그렇게 쉴 틈도 없이 넘어가야 하는 9월과 10월 사이의 바쁜 일정을 알면서도, 나는 나대로 서울에서 원고 독촉 받을 걱정에 무리한 부탁을 하는 수밖에 없었다. 그래서 잡힌 날짜가 9월 30일, 그날은 이회성이 예의 안경 건 때문에 신주쿠에 나와야 할 일이 있으므로 장소를 정하기도 좋았다.

교환학생으로 도쿄에 와 있는 문학평론가 최현식씨와 신주쿠 역에서 만난 것은 1시 30분경이었다. 인터뷰라기보다 공부한다는 마음으로, 선배 문인 한 분을 만난다는 모양으로, 기왕 어렵게 마련된 자리에 누구라도 한 사람 더 끼어 가고 싶었다.

타키자와는 폭포가 떨어지는 자리에 만들어진 연못이라는 뜻이다. 맹렬하게 쏟아지는 물줄기와, 언제 그랬느냐는 듯 잔잔히 맑은 속내만 보여주는 연못이 어우러지는 곳이다. '담화실'이라는 말을 서울에서는 물론 도쿄의 다른 곳에서도 본 적 없는데, 아마도 아저씨 다방의 점잖은 표현이리라 생각하면서도, 담화란 때로 폭포수 떨어지듯 열변이, 때로 고요한 호수 같은 잔잔함이 교차하는 것인지 몰라 이름 하나 잘 지었다 싶었다.

그러나 내부 분위기는 매우 고급스러웠다. 아니나 다를까, 커피 값도 한 잔에 천 엔, 웬만한 커피숍의 서너 배는 될 만큼 무척 비쌌다.

이상李箱은 '동경東京이란 데는 치사스런 곳'이라고, 김기림金起林에게 보내는 사신私信에서 말한다. 1938년, 그의 죽음의 장소가 되고야 말았던 도쿄에 와서 쓴 것이다. 두번째 편지에서는 '정말로'라는 부사까지 넣어 가며.

도쿄외대의 연구회에서 '치사'가 뭔가 논란이 있었다. 자료가 한글로 되어 있어서 생긴 문제인데(본디 한글 표기였는지, 문학사상사판의 전집에서 한글로 바꾸어놓았는지 모르겠으나), 발표자는 치사恥事로 생각하고 있었다. 특히 두번째 편지에서 이상은 동경을 경성京城과 비교하고 있는데, '동경에 비하면 경성은 인정이 있고, 한적한 농촌 같은 곳'이라고 한 대목을 보아 그런 것이다.

그러나 내 생각에 치사는 치사侈奢다. 요즈음 우리는 사치奢侈라고 많이 쓰지만 한문에서는 서로 통한다. 그리고 그렇게 해야 뒷글과도 더 어울린다. 도쿄가 화려하고 겉치레가 요란한 사치에 들뜬 도시라면 경성은 인정 많은 시골 같은 곳이라는 의미로 말이다. 더욱이 이상의 유고遺稿 「동경」을 보면 이것은 확실해진다.

신숙新宿은 신숙다운 성격性格이 있다. 박빙薄氷을 밟는 듯한 치사侈奢―우리는 「후란스야시끼」에서 미리 우유牛乳를 섞어 가져온 「커피」를 한잔 먹고 그리고 십전十錢식을 치를 때 어쩐지 구전오리九錢五厘보다 오리五厘가 더 많은 것 같다는 느낌이었다.

살얼음을 밟는 듯한 화려한 거리, 거지나 마찬가지였던 이상에게 이 화려한 도시의 모든 공간은 거추장스럽기까지 했겠다. 그런데도 실은 커피 한잔 마음 놓고 마시지 못하는 궁핍에 떨면서 오기는 가득 살아 있는, 그의 독기가 곳곳에 숨어 있는 글을 읽으며 한편 통쾌했던 적이 있었지만, 리필도 없다는 천 엔짜리 커피를 보자면 그야말로 살얼음을 밟는 듯한 사치다.

　치사한지 사치한지 어쨌거나 도쿄의 이름난 곳 신주쿠의 다방에서 나는 한 동포요 문학으로서 선배인 이회성을 기다리고 있다. 어디선가 후줄근한 그러면서도 한껏 목에 힘을 준 이상이 뜨거운 커피를 조금씩 마시고 있는 듯한, 조금은 여유로운 토요일 오후였다.

2

　"사진을 통해 보면서 참 미남이라고 생각했는데, 바로 알아보겠습니다. 실제로도 미남이시군요."

　2시가 조금 지난 다음 이회성이 들어왔다. 나는 그를 1996년이던가, 서울에서 열린 어떤 문학인대회의 연사로 나온 모습을 통해 멀찌감치 서서 본 적이 있다. 그래도 첫눈에 알아볼까 싶어 2시를 넘기며 줄곧 들어오는 쪽만 바라보고 있던 참이었다.

　"지난번 인터뷰 기사를 보니까, 이제하씨를 딸뻘의 젊은 여성 소설가가 '마음씨 좋은 할아버지'라고 표현했던데, 나도 그렇게 보이겠구나 생각했지요. 아들뻘 되는 사람한테 미남이라는 소리를 들으니까, 허허……"

　이 인터뷰를 기획한 잡지의 첫번째 기사가 실린 여름호를 보내드렸었다. 이회성은 민족문학작가회의에 대해서는 잘 알고 있었지만, 그 기관지인 『작가』를 아직 본 적이 없는 것 같았다. 거기서 소설가 김연경씨가,

'편한 와이셔츠를 입은, 등이 약간 굽은 자그마한 체구의 어느 노인'이랬던가, '내 할아버지뻘 되는 노인의 소박한 기억담'이라고 이제하 선생을 묘사했던 대목이 생각났다. 기왕 기분 좋을 바에 딸뻘되는 여성 소설가가 인터뷰어로 왔으면 더 좋았겠다. 어쨌거나 그렇게 말하며 웃는 모습이 소탈하고 건강해 보였다. 사실 나이로는 60 중반인데, 겉으로 보기에 평균적인 사람의 그것보다 10년은 아래로 여겨졌으니까, 어쩌다 골라낸 말이 미남 운운 터져나왔던 것이다.

첫 인상은 그랬다. 체구도 건장하고 시쳇말로 영화배우 해도 하나 손색없을 외모다. 생전의 조태일 시인을 연상시킨다고 할까? 조시인보다는 좀더 잘생긴.

"젊은 여성 소설가가 러시아에, 그것도 아주 외진 곳까지 여행을 하고 돌아오는 것을 보니, 한국이 참 많이 달라졌다 싶더군요. 요즈음 한국의 젊은이들이 다 그래요?"

김연경씨의 인터뷰 기사 이야기가 얼마간 더 계속되었다. "페테르부르크에 머무는 동안에 화가 레핀의 영지인 레피노에 잠깐 다녀온 적이 있다"는 대목을 말하는 것 같았다. '그건 저도 부럽습니다'라고 대답하고 싶었지만, 사실 그의 말은 자신이 러시아 문학을 전공했고, 도스토옙스키의 소설을 열독했던 젊은 날의 기억과, 무국적의 외국인으로 살면서 마음 놓고 해외여행 한번 다니기 어려웠던 사정, 이데올로기며 경제적 빈곤의 와중에서 기를 펴지 못하고 살았던 지난날 동포의 상황 등이 오버랩되어 오는 감정의 다른 표현이었을 터다. 다만 젊은 소설가가 물리적인 거리뿐만 아니라 정치적으로는 더더욱 멀었던 나라를 어디 소풍 다녀온 것처럼 말하는 품이 부럽기만 했던 모양이다.

"그런데 서영은씨와 이제하씨는 무슨 관계요?"

"예에, 무슨 관계라니요?"

"아니 무슨 관계길레 위아랫집에 살고, 어딜 나가다가 김밥도 갖다주고 그래요? 내가 서영은씨는 한 번 본적이 있지만, 이제하씨는 잘 모르는데……"

나는 그제야 눈치챘다. 이 또한 같은 인터뷰 기사에 나오는 한 대목 때문이지만, 이번에는 아예 심각한 오해의 수준이다. 김연경씨가 쓰기를, 옆으로는 누가 살고 위로는 누가 살고, 그러다가, "아니나 다를까, 마침 외출을 하려던 서영은 선생이 창문 뒤로 나타나셨다. 이제하 선생은 작업실 안의 소파 위로 올라가 창문을 사이에 두고 서영은 선생과 대화를 나누셨다. 서영은 선생은 김밥을 주고 가셨다." 운운에 이르러, 이회성은 혹여 그나마 알고 있는 고국의 매력적인 여성 소설가를 동년배의 남자에게 빼앗긴 심정이었나, 문제의 대목을 요령껏 설명하지 못한 기록자의 미숙함이 한 사내의 마음에 상처를 주었던가, 나는 잠시 이 이국에서 고국의 사정에 밝지 못해 벌어진 한 동포 소설가의 오해의 한 토막을 음미하듯 즐겼다.

사실 이제하 작가를 위시한 몇몇 문인의 다정스러운 교유는, 그 인터뷰 기사에서 일단을 소개한 것처럼, 서울의 문인들 사이에는 익히 알려진 바다. 아쿠타가와상의 수상자로, 『금단의 땅』의 작가로 국내에 많은 독자를 가지고 있을 뿐만 아니라, 최근에는 작가들과도 빈번한 교류를 하고 있는 이회성이지만, 그럼에도 아주 사소한 것 그러나 어떤 분위기의 핵심을 오롯이 간직하고 있는 일에 의외로 어두운 데서, 역시 떨어져 사는 일의 분명한 선을 확인하는 느낌이었다. 그런 선이 분명 존재한다.

나는 최현식씨를 바라보며 빙글빙글 웃었다. 최현식씨가, 서울의 평창동 한편에 살아 있는, 그나마 얼마 남지 않은 우리 문단의 넉넉한 풍경을 부지런히 설명해주자, 품은 넓지만 성질 급한 사람이 무슨 쑥스러운 짓이라도 저지른 것처럼, 이회성은 한참 너털웃음을 터뜨렸다.

3

1966년 12월 31일은, 내가 조선신보사의 기자로서 근무한 마지막 날이었다. 그날, 우연히도, 나는 마침 숙직이었다. 나는 마지막 일을 마치고, 다음날 아침, 일직인 친구에게 임무를 인계해주었다. 그러고는 그대로 집으로 돌아왔다.

짧막짧막한 문장에 과도하게 찍힌 쉼표, 나는 이 네 문장을 유심히 읽는다. 「쓸 수밖에 없었다」는 제목의, 1982년 『군상』 6월호에 실려 있는 수필의 첫 단락이다.

'조선신보'는 조총련에서 발행하는 신문이다. 거기서 마지막 근무란 곧 이회성이 그 조직을 떠났다는 말에 다름아닙니다. 와세다대학 3학년생부터 시작한 10여 년의 조직 생활, 한때는 그의 젊은 열정을 온통 바쳤고, 거기서 존재의 이유를 찾던 자기 자신의 일부와도 같은 생활이었다.

그런 조직을 그는 떠나야 했다. 그리고 그날은 하필 한 해를 보내는 마지막 날에다 숙직을 서야 했다. 세모의, 그리고 새해의 마지막과 첫날이 걸쳐지는 온밤, 밤샘 근무를 하며 그의 뇌리에 떠올랐을 온갖 상념을 우리는 다 추측할 수 없다. 회한과 두려움이 겹치는 그 밤의 깊은 숨소리를 나는 위의 문장에서, 아니 그 쉼표에서 읽을 뿐이다.

이회성은 소년 시절, 다름아닌 아버지한테, 반쪽바리라고 불리며 자랐다. 멀쩡한 조선놈이 밖에 나가서는 완벽한 일본인 행세를 하며 지내는 꼴을 아버지는 그렇게 비꼬았던 것이다. 폭력과 무능으로밖에 기억되지 않는 아버지가 소년 이회성에게 그나마 남긴 것이 있다면 반쪽바리라고 놀려대며 역으로 가르친 민족근성 단 한 가지다. 태어난 곳은 사할린, 태평양전쟁이 끝나고 우여곡절 끝에 삿포로에 자리를 잡지만, 가족에게 남은 것은 오직 가난뿐이었고, 소년에게는 조선인인 것을 미워하는 콤플렉스만 하나 더 붙어 있었다. 소년은 친구들과 어울릴 때면 완벽한 일본인으로 행세하는 것으로 아슬아슬한 줄타기를 하고 있었는데, 그 인생의 곡예를 잡아주기는커녕 여지없이 흔들어버린 것이 아버지였다.

가출하듯 집을 나와 도쿄로, 그리고 가난한 고학 생활과 와세다대학 입학─.

그렇다고 그것이 그의 인생을 펴주지는 못했다. 뜻밖에도 민족이라는 이름 앞에 여지없이 무릎을 꿇고, 거기서 제 자신을 옳게 만나자고 인생의 길을 전환시킨다. 그런 전환이 어떤 모습인가는 그의 초기 작품「증인 없는 광경」에 나오는 삽화 하나로 짐작해 들어갈 수 있다.

주인공 김문호는 소학교 학생, 군국주의와 황국신민화에 아무런 거부

감 없이 열중하는 철없는 소년이다. 패전 직후 그는 일본인 친구 야타 오사무矢田修와 산에서 놀다가, 전사한 일본군의 썩은 시체를 목격한다. 그 모습은 너무나 흉측했지만 도리어 소년들을 당혹하게 한 것은 '황군은 결코 죽지 않는다'는 믿음의 배반이었다. 두 사람은 이 사실을 비밀에 부치기로 한다.

20여 년이 흐른 다음 두 사람은 우연히 도쿄에서 다시 만난다. 그런데 야타에게는 아직도 그 기억이 생생하게 남아 그를 붙잡아두고 있는 반면, 김문호는 그 같은 일이 있었는지조차 떠올리지 못했다. 카네야마金山에서 김문호로 제 이름을 찾았을 뿐만 아니라, 황군皇軍의 적자嫡子라는 의식 따위는 깨끗이 씻어버리고 조선인 2세로 살아가는 그에게, 황군의 죽음을 비밀로 간직하자던 소년 시절의 약속이야 벌써 아무런 문제가 되지 않았던 것이다.

사실 이 삽화는 이회성 자신의 경험담에서 나왔을는지 모른다. 그런데 카네야마가 김문호로 돌아온 것처럼 반쪽바리가 이회성으로 돌아온데에는 조총련이라는 조직 활동이 역할한 바 매우 컸다. 일찍이 러시아 문학을 전공했다는 점 말고도 이회성은 사회주의에 경도되어 있었고, 거기에 분명 희망이 있다고 믿었던 것 같다. 적어도 1960년대 초반까지 조총련이 조직의 성격으로나 활동으로나 긍정적인 부분이 많았음을, 일본에서 살아온 사람들은 누구나 인정한다. 그때가 바로 이회성으로서는 대학 시절과 사회생활 초년이었다.

그런 그가 왜 조직을 떠나야 했던가? 그는, '관료주의가 솔솔 불어오고, 개인숭배가 높아가는 것'을 첫 이유로 꼽았다. 건강한 비판이 허용

되지 않았다. 민주집중제는 어느새 관료주의와 개인숭배로 바뀌어가고 있었다. 또다른 하나는 소설을 쓰겠다는 것이었다. 그때 조직은 자유롭게 소설을 쓸 수 있는 분위기가 아니었다.

막상 조직을 떠난다지만 그것은 곧 생계를 놓는 일이었다. 더욱이 살고 있던 집은 조직의 소유였기에 비워주어야 했고, 건강보험도 끊어야 했는데, 그때 마침 아이는 병에 걸려 있었다. 일거리를 찾는 일 또한 쉽지 않았다. 이회성은 조직 운동에 참여하면서 일본어와 멀리 살았다. 문과 출신한테 가장 걸리기 쉬운 자리인 편집 교정 일을 하는 것도 어려웠다. 그나마 와세다대학 동기생의 도움을 얻어 큰 석유회사의 하청을 주로 받는 광고 대리점에 취직했다. 문제가 있었다 한들 불과 몇 달 전까지 그는 조국의 통일을 위해 일하는 조직의 일원이었다. 이제는 대기업의 하청을 받는 회사에 신분을 숨기고 밥벌이를 하는 신세가 서러웠다.

그대로 쓰러질 수 없었다. 뭔가 살아서 남기지 않으면 안 되었다고, 그러기 위해서 소설을 쓰지 않으면 안 되었다고, 이회성은 앞의 수필에서 말한다. 일이 끝나면 집으로 돌아와 원고지 앞에서 펜을 붙잡았다. 일본어는, 이회성의 표현대로라면, 얼어붙어 녹지 않는 얼음 같았다.

4

고투를 거듭한 지 3년, 이회성은 1969년에 『군상』의 신인상을 받으며 등단하였다. 같은 잡지에서 우리에게도 『일본근대문학의 기원』의 저자로 잘 알려진 가라타니 고진柄谷行人이 평론상을 받았다.

"왠지 그 잡지가 가장 마음에 들었습니다. 『문학계』는 좀 보수적이지요. 그에 비해 『신조』는 너무 예술지상주의적이랄까? 『군상』은 조금 진보적이고……"

"그때는 일본에서 한창 68운동이 벌어지던 때인데요. 그런 영향을 받지는 않으셨습니까?"

최현식씨가 물었다. 1968년, 도쿄대학의 강당이 학생 시위대에 의해 불질러지던 장면을 텔레비전의 다큐멘터리를 통해 본 적이 있고, 아직 그때를 보존하고 있는 현장을 가보기도 하였다.

"일본의 68운동은 그다지 큰 의미를 줄 수 없어요. 일본은 일찍부터 서양의 사조를 재빨리 받아들이는 풍조가 있는데, 곧 내부 모순이 드러나고 말았지요. 그 운동만 해도 그랬어요. 소부르주아적으로, 극좌모험주의로 나가다가 금방 고립되고 말았습니다. 나는 거기에 그다지 동조하지 않았어요. 더욱이 미국이나 강대국의 조종에 의해 벌어지는 운동이 아닌가 의심스럽기도 하였죠."

사실 그의 등단은, 우리 근대문학의 이면을 훑어내려가야 하는 복잡한 과정 속에서 설명해야 하지만, 간단히 한마디로 추리자면 재일 한국인이 정식으로 일본의 문단에 들어간 희귀한 경우였다. 그보다 앞서 김달수金達壽가 있고, 비슷한 시기에 김석범金石範, 김학영金鶴泳이 등단한 정도. 그러나 엄연한 사실은, 1969년부터 이회성은 일본의 작가라는 점이다. 한국인의 문제를 소재로 하고 그 정신을 주제로 삼고 있지만, 어디까지나 일본어로 써서 일본의 문학 시장에 내놓는 일본의 소설가다. 그것이 처음부터, 특히 조직의 일원으로 활동했던 사람으로부터 받는 비판의 표적이 되었는데, 조총련 산하의 문인 조직에 들었던 재일 한국인은 한국어로 글을 써야 한다고 믿었고 사실 그렇게 하고 있었다. 그런 그들에게 이회성의 등단은 민족적 반역 행위의 하나였다.

반쪽바리에서 민족주의 운동원으로 그리고 다시 일본 문단의 한 식구로—이 여정을 우리는 어떻게 보아야 할까?

결론부터 말한다면 나는 그것을 이회성의 변증법적 발전의 과정으로 해석한다. 반쪽바리일 때의 그는 민족을 등지고 있었지만 운동원일 때 그는 민족 그 본류에서 흐르고자 했고, 일본이라는 사회에서의 생활을 거부하지 않고 그 안에서 자신의 정체성을 지키며 자기 목소리를 내자는 쪽으로 올라섰을 때 그는 일본 안의 소설가가 되었다. 그것은 분명 민족의식이라는 세례를 받고 난 다음 그가 선정한 자기 위치다. 이회성은 문전에 한발 다가선 거기서 골을 넣고 싶었을 것이다.

첫 골은 아무래도 아쿠타가와상의 수상이라고 보아야겠다. 등단한 지 3년 만인 1972년의 일이다.

"한편에서는 드디어 노골적으로, 일본인의 주구가 되었다는 비난도 들었지요. 상을 받고 기자회견을 할 때 '한국인으로서 처음'이라고 말문을 열었더니, 어느 기자가 '외국인으로서 처음'이라고 정정해주더군요. 어쨌든 기뻤습니다."

아쿠타가와상을 받은 「다듬이질하는 여인」을 쓸 무렵 이회성은 웬 사기를 당했다. 아이들은 커가고 집은 좁아 좀더 넓은 곳을 찾는데, 어띤 마음씨 좋은 사람이 생각도 못할 큰 집을 싼값에 빌려주겠다고 나섰다.

사실은 그것이 사기였다. 이중계약을 한 셈이었는데, 형편은 이회성 쪽이 더 어려웠어도 집주인으로 권리를 행사할 쪽은 그가 아니었다. 별수 없이 부인이 나서서 부리나케 집을 구하고 짐을 쌌다.

이사를 간 곳은 구니다치國立시—.

지금은 명문 국립대학인 히토츠바시—橋 대학을 둘러싸고 훌륭한 전원 도시가 되어 있지만, 그 무렵은 도쿄도都에 속했달 뿐 변두리 시골 마을이었다. 집이 좁기는 마찬가지인데도 그나마 퇴거하라고 독촉하러 오는 사람이 없는 것만을 즐겁게 여기며 쓴 소설이 「다듬이질하는 여인」이다. 1971년 봄에서 가을에 걸친 일이었다.

그리고 그 소설로 이회성은 이듬해 봄 아쿠타가와상을 받았다. 그러니까 아쿠타가와상은 집 고생과 바꾼 셈이랄까?

상을 받은 다음 많은 변화가 있었다. 대체적으로 일본 내에서 아쿠타가와상은, 예전에는 물론이려니와 지금도, 한 작가의 일생을 보장해준다. 그러나 아쿠타가와상은 이회성에게 그보다 더한 선물을 가져다주었다. 꿈에도 그리던 고국 방문을 실현한 일이었다.

5

"사실 그때가 첫 방문은 아니었습니다. 등단한 다음해 한국에 가지 않겠느냐는 제안이 있어 나는 흔쾌히 응했지요. 이미 조직을 떠난 마당에 남쪽 고국에 가보고 싶은 마음 간절했습니다. 아버지는 황해도가 고향이지만 어머니의 고향은 포항입니다. 다섯 살 때, 그러니까 아직 식민지 시대지요, 어머니의 손을 잡고 가보았던 적이 있습니다."

"그때 기억이 나십니까?"

"물론이지요. 소달구지가 지나간 흔적이 반들반들하게 남아 있는 신작로가 선명히 떠오릅니다. 내 기억의 가장 깊은 곳에 간직된 인상이지요. 지금은 포항제철이 들어서서 사라진 마을입니다. 박태준씨를 만나면, 당신 때문에 내 고향이 없어졌다고 항의하고 싶어요."

그러면서 예의 사람 좋은 웃음을 웃어 보였다.

사실 이 장면은 「다듬이질하는 여인」에도 나온다. 처녀의 몸으로 일본에 돈 벌러 왔다가 한 남자를 만나고 아이를 낳은, 셋째 아들인 이회성이 다섯 살이 되어서야 비로소 친정집을 찾았다는 어머니가 바로 주인공이다. 다만 첫번째 방문에서는 서울 주변에만 머물렀을 뿐 고향까지 가보지 못했다.

그러나 아직 조선 국적의 이회성이 한국을 방문한 것을 두고 오래도록 오해의 소리가 남아 있다. 사실 조선 국적이란 유령과 같은 존재다. 패전 후 일본은 재일 한국인에게 '조선'이라는 임의의 국적으로 체류허가증을 나눠주었는데, 1965년 한국과의 국교가 재개된 다음, 일부는 한국이라는 정식 국적을 가졌지만, 많은 수가 이러저러한 사정으로 그것을 보류했다. 정식 국적이 없는 이들에게 제도적 차별이 따랐음은 물론이다. 그 가운데 하나가 비자를 발급받지 못하는 것이다.

"한 번도 성식 비사를 가지고 해외여행을 해본 적이 없습니다. 1981년에 고향 사할린을 방문했는데, 그때도 일본 사회당의 무라야마村山 총재의 신원보증서를 받아 가능했지요. 그런데 혼자서 한국을 갔다 오니까 오해가 따랐죠. 몇 해 전에는 한국의 문학잡지에, 이회성이 한국에 갔었던 것을 숨기고 있다는, 어느 분의 글이 번역되어 실리기도 했어요. 나는 내가 한국에 갔던 것을 숨긴 적이 한 번도 없습니다."

그것은 사실이다. 내가 확인해본바, 1989년 『문학계』 3월호에 쓴 「아쿠타가와상 이문異聞」이라는 제목의 수필에서도 첫번째 방문을 1970년이라고 명기해놓고 있다. 분위기가 약간 고조되었다. 그러나 사실 오늘 이야기의 주제에서 조금 벗어난 듯하여 다시 말길을 아쿠타가와상 수상 무렵의 한국 방문으로 돌렸다.

초청은 '한국일보'의 주선으로 이루어졌다. 한국인 최초, 아니 외국인 최초의 아쿠타가와상 수상은 국내에서도 화제가 되어 있었고, 남북회담이 이루어지는 등 국내 정세가 호전된 것도 분위기를 만들어주었다. 강연회를 갖고, 문인들을 만나고, 그리고 꿈에 그리던 고향 포항까지 가볼 수 있었다. 1972년 봄의 일이었다.

"허 모라는 안내원(아마도 정보부의 직원인 듯한)과 동행했지요. 대구의 어느 다방에서 한 시간만 기다려달라고 하더군요. 여동생이 대구에 사는데, 바빠서 언제 와볼 기회도 없었고, 이참에 잠깐 보고 오겠노라고 말이죠. '저 사람도 같은 사람이구나, 인간의 내면에 지닌 심성은 다 같구나'라는 생각이 들었습니다. 그것이 사람을 이해하는 폭을 넓혀주는 기회가 되기도 하였습니다. 다방에 앉아 기다리는데, 파이프 담배를 피우는 나를 다방 마담이 심상찮은 눈초리로 쳐다보는 것이에요. 파이프를 피우는 것이 이상해서 그런 줄 알고, 나는 일본에서 온 재일 동포며,

이런 파이프는 어디서나 싸게 살 수 있는 것이라 했더니, 웃으며, 사실은 간첩이 아닌가 싶어 유심히 본 것이라고, 미안하다고 하면서 그제야 얼굴을 펴더군요. 허 모라는 안내원에게 그 말을 했더니 한바탕 웃는 것이었습니다. 내 소설『금단의 땅』에 정보부 직원이 등장하지만, 허 모라는 사람의 인상을 간직하면서 단순화시키지 않으려 했어요. 그 사람, 지금이라도 한번 만나보고 싶군요."

6

이 여행을 통해 이회성은 고국의 많은 사람을 만났다. 허 모라는 정보부 직원은 그 가운데 한 사람일 뿐, 만나는 사람마다 그에게 각인해주는 고국의 모습은 참으로 다양했다. 주변에서 들려오는 모든 말이 모국어라는 데 기쁘고 기적적이라는 경험을 했다. 모두가 내 소유가 되는 것 같은 느낌이었다고 한다.

고국을 다녀온 다음해 장편소설『약속의 땅』을『군상』에 발표했고, 1979년에 나온 문제작『금단의 땅』(원제는 '見果てぬ夢', 번역하면 '못다 한 꿈' 정도 될 듯)은 바로 방문 기간중에 구상된 것이었다. 아쿠타가와상을 받을 때까지 단편 위주의 작업이 장편 위주로 바뀐 것인데, 변화는 그 정도에서 머물지 않는다. '재일 조선인'으로서의 떳떳함이라든가, 남한과 북한 곧 두 조국으로 이어지는 소설 무대의 확대 등이 뚜렷해졌다.

"1975년부터 장편소설『금단의 땅』을 쓰면서, 조국의 문제에 적극적으로 관심을 가지기 시작했지요. 그렇다고 정치운동은 하지 않고, 냉철하게 보려고 노력했습니다. 1973년의 김대중 납치 사건 때 원상복귀를 요구하는 그분의 주장과 달리 나는, '김대중씨는 조국에서 싸워야 한다'고 썼지요. 그것이 민중의 여망이라고 생각했습니다."

"김지하 시인의 작품을 번역한 것도 그 무렵의 일 아닙니까?"

"암울한 한국의 유신 체제기, 뭔가 이 정도는 해야 하지 않을까, 더구나 나는 일본에 있으므로 잡혀가거나 고문당할 염려도 없고, 그런 방파제를 이용해서요. 김지하 작품집『불귀不歸』를 번역한 것도 그 가운데 하나였습니다."

이 책은 1975년 12월, 일본의 메이저 출판사인 중앙공론사中央公論社에서 간행되었다. 부족한 한국어 실력 때문에 사전을 찾아가며 고투했다고 후기에서 이회성은 밝혀놓았다. 그 책에「지옥 가운데의 시인」이라는, 부제를 '김지하 소론'이라고 단 꽤 긴 해설을 실어놓고 있는데, 김지하 시인이 첫 시집『황토』에다 '어머니에게 바친다'는 헌사獻辭를 붙인 데 대해, 그 어머니는 육친의 어머니이자, "자신에게 시의 마음을 끼쳐다준 어머니가 되는 대지에의 열렬한 애정의 포회抱懷가 담겨져 있다"고 한 매력적인 해석이 눈길을 끈다. 그의 김지하 시인에 대한 애정은 각별한 것으로 알려져 있다.

"김지하 시인과 언제 처음으로 만나보셨습니까?"

"1996년에 처음 만났고, 대담을 했지요."

"아, 그때가 처음입니까?"

"예, 그랬어요. 어떤 분은 내가 김지하씨의 제자라고 썼던데, 허허, 황당한 이야기지요."

"오랫동안 후원을 하셨으면서도 정작 만남은 20여 년 만에 이뤄졌군요. 첫 인상은 어땠습니까?"

"그때 김지하씨는 육체적으로 힘들어 보였습니다. 몸이 좋지 않은 호랑이가 걸어오는 듯한 인상을 받았습니다. 나는 그가 이 시대에 문학으로 하나의 중요한 역할을 할 사람으로 믿습니다. 다만 최근의 여러 가지 행보를 보며 '지하여, 지금 무슨 생각을 하고 있으신가' 묻고 싶을 때가 있어요. 대담 때 김지하씨는 동학에 대해 집중적으로 자세하게 설명해 주더군요. 나는 그렇다고 갑신정변과 김옥균을 부정할 수 없다고 생각합니다. 그의 출현 자체가 필연적인 역사적 상황이 아니었을까 해요."

이회성은 이처럼 1970~80년대를 거쳐 한국의 민주화운동의 일원으로 일본 쪽에서 협력한 인연 때문에 남쪽의 문인과 교분을 넓혔다. 1980년대 중반인가, 아마도 『장길산』이 완간되었을 때로 생각되는데, 굿패를 이끌고 와서 대동굿을 벌였던 황석영, 민족문학작가회의의 회장으로 있을 때의 고은 등이 대표적이다. 물론 이회성의 작품을 가장 먼저 한국어로 번역한 이호철과는 가장 오랜 교분을 나누고 있다. 1972년의 한국 방문 때, 『다듬이질하는 여인』은 이호철의 번역으로 정음사에서 간행되었다. 아쿠타가와상을 수상하면 주최 측인 문예춘추사文藝春秋社에서 수상 소설집을 내는데, 이 책은 그것을 그대로 옮겨놓은 것이다. 수상작「다듬이질하는 여인」을 비롯「인면암人面岩」「반쪽바리」등 세 편의 단편이 실려 있다.

그동안 이들과는 통일을 비롯한 조국의 문제에 대해 같은 의견을 가지고 많은 일을 협력해왔다. 다만 요즘 들어 생긴 아쉬움이 있다.

"황석영씨의 방북, 경우는 다르지만 이번 남북수뇌회담이나 고향방문단에 고은, 이호철씨 등 문인이 동행했는데, 그분들의 보고에 약간은 아쉬움이 남습니다. 너무 들떠 있다고 할까요? 나는 북의 현실, 사회주의 체제에 대해 몸으로 느낍니다. 시인은, 작가는 들뜨기보다 정말 그들의 안으로 깊이 들어가야겠지요. 왜 우는가, 왜 섭섭해하는가? 북송 교포가 10만입니다. 나도 한때는 '조국 귀환'이라는 그 운동에 참여했고, 나 또한 가려고 했습니다. 내 사촌 동생은 갔는데, 그는 그곳에서 불행하게 죽었지만, 다른 가족이 내가 다시 조총련으로 들어와주었으면 좋겠다는 편지를 몰래 보낸 적도 있었습니다. 언젠가 저는 인권운동의 차원에서 그것을 공개하려고 합니다만, 아마도 내가 조총련을 탈퇴함으로써 그들이 받는 불이익이 있었기 때문일 것입니다. 이론적 체계가 아니라 현실의 문제에 한눈을 팔아서는 안 된다고 봅니다."

7

시간은 5시를 넘어가고 있었다. 밖은 어둠이 깔리고 있을 것이다. '가을 해는 두레박 떨어지듯 진다'는 속담이 실감났다. 같은 시간대를 쓰고 있는 우리와 비교해보면 대체적으로 4~50분은 해가 빨리 저서, 처음 일본에 왔을 때 느낌은 두레박 떨어지는 정도가 아니었다.

"일본의 문단은 어떻습니까?"

자리를 옮길까 어쩔까 하는데, 최현식씨가 물었다.

"병적으로 파고들어가지요. 지식으로나, 사색으로나…… 그래서인지 일본의 작가가 가진 지식의 수준은 매우 높고, 사색의 깊이 또한 대단한 면이 있어 보입니다. 너무 심해져서, '수학을 모르면 문학을 모른다'는 말까지 나오니까요. 나는 수학을 전혀 못하는데 걱정이에요, 허허…… 아마도 라캉의 영향이겠지요, 그래선지 자꾸 어려워지는 경향도 있지요. 그런 점은 좋아 보이지 않지만, 그러나 그로 인해 어떤 깊이, 사색의 심오함 같은 것이 있습니다."

"대학 때, 이른바 문학청년이었습니까?"

"전혀 그렇지 못했습니다. 대학을 다니는 동안 학교 수업에조차 전념할 수 없었어요. 아르바이트를 해야 했는데, 낭만적인 대학생의 아르바이트가 아닌 거의 노동자 수준이었죠."

물론 문학 서클에 가본 적은 있다고 했다. 와세다대학의 서클룸은 지금도 유명하다. 어떤 구역에는 교수나 직원 또는 외부인이 함부로 들어오지 못하게 한다고도 한다. 그 무렵 와세다는 문학 쪽에 상당한 열기가 있었지만, 어두컴컴한 지하 서클룸에서 담배나 뻑뻑 피우고 있는 동료들의 모습은 그다지 탐탁해 보이지 않았다. 그러나 러시아문학과의 동기생이 세 명이나 등단을 했고, 이회성을 전후로 아쿠타가와상을 나란히 받거나 후보에 올랐다고 한다.

"졸업 논문은 잘 썼어요. 다른 학점은 형편없었어도 그건 90점을 받았으니까요. 도스토옙스키의 『지하생활자의 수기』를 분석한 것이있지요. 도스토옙스키가 한국적 상황에는 맞지 않는다고 하는데, 나는 그렇지 않다고 생각합니다. 도스토옙스키적 사고방식을 적극적으로 집어넣을 필요가 있지 않을까 해요. 바흐친이 도스토옙스키의 소설을 말하면서, 단일의 모노로그가 아닌 다채로운 인물과 문체로 세계와 사물을 보는 눈을 입체화시킨다고 했는데, 이런 지적은 내 소설 쓰기의 전범이 되기도 하였지요."

이회성이 지금 『군상』에 연재하고 있는 소설의 제목이 「지상생활자地上生活者」다. 문학으로서 첫발이었을 졸업 논문과 연관해 어떤 끈이 보이는 듯했다.

대체적인 줄거리는 이회성의 자전적인 데서 나왔다. '팔리지 않는 작가'를 자처하는 주인공 64세의 조우철은 다분히 작가 자신이 모델이 되어 있다. 소년 시대를 보낸 삿포로를 찾아가서 어릴 때 친구를 만나는 것으로 시작하지만, 주인공은 본디 사할린에서 살았고 전후 소련군을 피해 나와 삿포로에 정착하게 되는 과정 등이 이회성의 지난 역정 그대로다.

이제 연재 초반이지만 좋은 평가가 나오고 있다. 평론가 야마자키 고타로山崎行太郎씨는, "긴장하면서 읽었다"고 전제하고,

> 여기서 그리는 재일 한국인 소년의 모습에서, 나는, 현대의 정치적 척도나 민족차별론으로 환원할 수 없는 것을 읽는다. 물론, 여기에서는 재일 한국인에의 '이지메'나 '차별'도 그려져 있기는 하다. 그러나 그 이상으로, 민족이나 국적을 넘어선 인간과 인간의 밀접한 관계가 그려져 있다. (……) 분명히, 이 소설은, 이른바 재일 한국인 문학이라는 카테고리로 가두어버

릴 것 같은 작품은 아니다. 그 이상의 작품이다.

—『미타문학三田文學』, 2000년 봄호

고 말한다. 극찬이다. 사실 일본에서 활동하는 한국인 출신 작가들에게
는 어느 정도 '접어주는' 분위기가 있었다. 카테고리를 벗어난다는 그
의 표현은 곧 접어주지 않아도 될 작품이라는 말일 게다. ["재일 한국인
문학이라는 카테고리"라는 말에 대해서는 여러 설명이 필요하지만 여
기서 그럴 여유가 없다. 관심이 있는 분들은 사에구사 도시카쓰三枝壽勝
의『사에구사 교수의 한국문학 연구』(심원섭 옮김, 베틀북, 2000) 가운데
「재일 한국인 문학이란 무엇이며, 어디에서 어디까지 갈 것인가」를 참고
해주시기 바란다. 일본어로 된 책 가운데는 다케다 세이치竹田靑嗣,『〈자
이니치在日〉라는 근거根據』와 가와무라 미나토川村湊,『태어났다면 거기가
고향 ― 재일조선인 문학론在日朝鮮人文學論』이라는 책이 자주 인용되고 있
다.]

　"선생님의 말씀을 듣다보니 제목에서만큼은『지하생활자의 수기』와
왠지 관련이 있는 것 같은데요. 분위기도 그렇지 않습니까?"

　"허허, 그건 좀…… 비밀로 해둡시다, 허허……"

　어쨌거나 그의 필생의 작업임을 직감한다. 그동안 어느 작품인들 최
선을 다하지 않았겠는가만.

　"어느 정도 계획하고 있으신가요?"

　"글쎄, 한 3년 정도. 물본 살아 있다면요, 허허……"

8

담화실 타키자와를 나오니 시간은 벌써 6시를 넘었다. 안경점을 들러 오시라고 해도 먼저 식사나 하자고 한다. 요도바시 카메라점은 불을 환히 밝혔고, 비가 조금씩 내리고 있었다. 신주쿠의 서구西口 쪽은 슬슬 토요일 밤의 열기로 바뀌는 것 같았다.

"약주는 좀 하시는지?"

"사실 2~3년 전에 크게 앓았어요. 과음은 안 되지만 오늘은 특별한 날이니까 한잔하십시다."

"저희들도 이제부터 인터뷰가 아니라 선배 문인을 만난 자리로 생각하겠습니다."

그러나 이제부터가 '쥐약'이라는 사실은 인터뷰 경험이 많은 이들은 알리라. '아리랑'이라는 한국 음식점으로 갔다. 신주쿠에 나오면 가끔 들르는 곳이라 한다. 갈비와 양 그리고 내장 등을 시켰다.

"선생님 말씀에 경상도 억양이 많네요."

자리를 잡고 주문한 다음 최현식씨가 먼저 운을 뗐다. 더러 어떤 상황을 설명할 때 빼고는 이날 인터뷰는 줄곧 우리말로 진행되었다. 처음 전화했을 때, 그가 우리말을 하는지 어쩐지 잘 몰라, 나는 서툰 일본어로 더듬더듬 설명했었다. 한참 듣기만 하던 이회성이, "그냥 한국말로 하세요" 하는 게 아닌가. 아, 그 당황스러움이라니.

"어머니 영향이지요. 어머니가 나를 데리고 고향에 가서는 친정 부모를 모시고 사할린으로 돌아왔어요. 어렸을 때 나는 할아버지 할머니와 살았죠. 할머니는 1981년에 내가 사할린을 방문했을 때까지 살아 계셨습니다."

문득 「다듬이질하는 여인」의 한 장면이 떠올랐다. 어머니는 화자인 아들에게 늘 '이 조조야'라고 불렀다. 화자는 그 말이 무슨 뜻인지 끝내 모르고 소설은 끝난다. 나는 그 말이 『삼국지』의 조조曹操라고 생각했다. 내 어머니도 자주 쓰셨던 말인데, 영리하거나 잽싼 사람을 가리켜 '조조'라고 불렀다. 어른에게 그 말을 쓰면 약간은 나쁜 뜻이 되지만, 아이에게는 애정 어린 호칭이다.

"한국에 번역된 다음 경상도 쪽 독자가 편지로 알려왔어요. 『삼국지』의 조조라고 말이지요."

어머니 쪽의 고향으로서 남쪽이 각인되어 있다면 당연히 아버지 쪽의 고향으로 북쪽, 특히 황해도가 이회성에게는 깊이 묻어 있다. 10여 년 전, 어느 날 밤늦게 술이 과해 신주쿠에서 택시를 타고 집으로 돌아가는데, 운전사가 자꾸 뒤를 돌아보더니, "이선생 아니십니까?" 하고 한국말로 묻더란다. 취중에 깜짝 놀라 '그렇다'고 하자 운전사는, "저도 황해도 사람이올시다"라고 했다. 택시비도 받지 않고 홀연 사라진 그를 이회성은 오래도록 지우지 못하고 그리워하고 있다. 황해도 사람 만나기는 참 쉽지 않아요, 라고 이회성은 말을 맺었다.

"한국의 문단에도 황해도 출신은 거의 없지요. 박완서 선생 한 분 정도인 것 같은데……"

"그래요? 그분이 황해도 출신인가요? 그럼 그래서 그랬나?"

물론 박완서의 고향 개풍군은 경기도이다. 그러나 황해도와 인접해 있을 뿐만 아니라 지금 북한에서는 황해북도에 속한다. 황해도 같은 경기도인 셈이다.

"무슨 일이 있었습니까?"

"1998년인가 서울을 방문했을 때예요. 여러 가지 일정으로 바빴는데, 어느 중년의 여자분이 대뜸 찾아오더니, '박완서 선생이 같이 가까운 온천에라도 다녀오자 하는데, 되시겠습니까?' 하는 거예요. 그러나 박선생과는 아직 인사도 없었고, 일정에 쫓겨 틈을 내지 못할 형편이었지요. 그래서 응낙을 못했는데, 그러면서도 속으로는 왜 그분이 나를 초대하셨나 의아했어요."

"아마도 박선생께서 선생님이 황해도 출신이라는 걸 알고 그러셨던 건 아닐까요?"

이회성은 내 말에 흔쾌히 동의하면서, 혹시 서울에 가서 만나거든 꼭 인사를 전해달라고 신신당부해 마지않았다. "눈을 봐도 고향의 눈이요" 라고 노래한 건 옛날 유행가 「고향설故鄕雪」의 한 대목이다. 고향 까마귀만 봐도 반갑다더니 그런 것일까, 사실 한 번 가본 적도 없는 아버지의 고향 황해도를 이회성은 그렇게 그리워하고 있었다.

그것은 분명코 물리적인 공간만은 아닐 터다. 자신은 사할린에서 태어났지만 육친의 고향까지 이어지는 태반胎盤에의 비원悲願은 그에게 통일 조국에의 염원으로도 이어지고 있다. 1971년의 한국 방문 후 그가 낸 에세이집의 이름이 『북이든 남이든 우리 조국』이었던가?

한 잔만 한다던 이회성은 화장실을 다녀오면서 생맥주 세 잔을 또 시켰다.

9

"어쨌든 선생님은 일본어로 일본문단에서 활동하는 일본의 소설가입니다. 태어난 곳도 일본인 재일 한국인 2세이지요. 그러나 어렸을 적 어머니로부터 들은 모국어의 영향은 적지 않을 것으로 보입니다. 지금 한국어로 작품 활동을 하고 계시지는 않지만, 어떤 의미에서 선생님도 이중언어를 밑바탕에 깐 소설가라고 하겠는데요. 이중언어의 사용자로서 작가란 어떤 의미를 갖습니까?"

다소 장황해지는 내 질문에 이회성은 먼저 메모지를 꺼내 모국어母國語 · 모어母語 · 모반母斑이라고 적는다.

"모반, 어머니의 흔적이라는 말이겠지요? 나는 이 흔적을 좋아합니다. 깊이 내재된 어머니의 언어가 내 소설에서 새로운 표현을 가능하게 하는 충동을 일으킬 때가 있습니다. 놀라운 것은, 어딘가에 인간으로서 자신을 인식해가다보면 꼭 알아지는 말이 있어요. 그것은 사람을 살리는 방향의 언업니다."

일단 이회성의 대답은 이중언어니 하는 거창한 데로 이으려 하지 않는 듯했다. 한국어로 작품 활동을 병행하고 있지 않으니 당연하다. 이를테면 밀란 쿤데라는 체코의 작가이고 처음에 체코에서 활동했다. 그의 작품은 프랑스어로 번역되어 널리 알려졌지만, 프랑스로 망명한 쿤데라는 그때부터 프랑스어로 작품을 썼고, 심지어 그동안 번역된 자신의 작품도 본디 분위기를 살려 스스로 다시 번역했다. 이 정도 되이야 이중언어가 어떻다는 논의가 성립될 듯싶다.

그러나 꼭 그것만일까? 그래야만 이중언어의 영향을 따져볼 수 있을
까? 적어도 한국과 일본의 오랜 역사를 다시 생각한다면, 한국어와 일본
어 사이에 놓인, 그리고 좀더 좁혀 두 나라 문학 사이에 걸쳐진 운명을
돌이켜본다면, 일단 지금 일본에서 활동하고 있는 한국인 출신 작가들
에게만이라도 이중언어의 문제는 검토해보고 넘어갈 사안이다. 그리고
그것은 어쩌면 그들의 정체성을 확인하는 문학적인 길이 될 것이며, 한
국문학의 지평을 재구성하는 시금석이 될 수도 있다.

이회성을 비롯한 재일 한국인 작가의 경우를 그렇게 해석해 들어가는
것은 무리한 일일까?

10

1971년, 등단 얼마 후의 이회성은 두 사람의 소설가와 더불어 정담鼎談
을 하였다. 『군상』의 주최로 열린 정담의 참가자는 아베 아키라阿部昭와
후루이 요시키치古井由吉. 두 사람 모두 도쿄대학 출신인데, 아베씨는 이
회성보다 몇 년 선배 소설가이고, 후루이씨는 바로 전해 아쿠타가와상
수상자였다.

정담의 제목은 「새로운 문학을 찾아서」―.

1970년대 벽두에 주목받는 현역 작가를 한자리에 모아 소설계의 어떤
방향성 같은 것을 모색해보자는 목적이었을 터다. 이 정담은 그해 10월
호에 실렸다.

이 글을 읽다가 나는 정담의 본디 목적과는 다르게 이회성의 발언 가운데 다음과 같은 대목에 주목했다.

해방 후 아버지는 집에서 자꾸만 한국어를 썼다. 일상생활에서 듣는 것의 7할 정도였고, 말하기는 못하는 상태였다. 언어의 이중생활 같은 것이 있었는데, 아버지는 한국어로 말하는 것으로 공격해왔다는 뜻이다. 라디오를 한국어 방송으로 돌려버리고, 볼륨을 크게 틀어놓는다. 나는 귀를 막고 빨리 그만두라는 표정을 짓는다. (……) 자식을 반쪽바리라 부르는 아버지는, 일본인에 점점 가까워지는 아들을 다시 조선인으로 돌려놓으려는 듯, 자꾸만 라디오를 틀어 음의 세계에 가까이 가게 했다. 그로부터 우리를 몹시 야단칠 때는 대부분의 경우 한국어였다. 그래서 나의 경우, 잠재적으로 조선어의 요소가 있다.

이 같은 영향이 작품에서 어떻게 구체화되었는가. 이회성은 다음과 같은 두 가지로 소개하였다.

예를 들어 내가 작품에서 (일본어로) '오또상'을 쓰고서 옆에 (가타카나로) '아버지'라고 루비(작은 글자로 발음기호를 적는 것)를 붙이는 것은 (한국어로) '아버지'라고 발음한다는 뜻이다. 그것은 사실인데, 그런 느낌을 대화를 통해서 전하기 위해서는 (일본어) '오또상'으로는 (한국어로) '아버지'라고 했을 때의 심정이 전해지지 않는다.

아버지와 말을 하지 않고 지낼 때가 있었다. 아버지는 화가 나서 말하는데, 한국어를 일본어로 바꿔놓을 뿐이다. 'この亡びる息子め(이 망할 놈의 자식)'이라고. 그런데 거기에는 일본어로 정확히 번역할 수 없는 미묘한 것이 따라 붙는다고 하겠지만, 유머의 본디 모습은 한국어 가운데 있고, 일본어로 옮겨놓았을 때, 그것을 핵심으로 그대로 잡아내고 싶은 것이 있다.(괄호 안의 내용과 작은 따옴표는 필자가 덧붙임)

아직 깊이 검토해보지 못했지만, 이회성의 소설에, 나아가 재일 한국인 작가의 소설에 문체든 정서든 이 같은 면면은 강력히 살아 숨쉬고 있을 것이다. 나는 이것을 넓게 보아 이중언어의 한 현상이라 생각한다. 그러나 이에 대한 이야기는 더 깊이 나누지 못했다. 그때로서는 이회성의 이런 대담이 있는 줄 몰랐기 때문이다.

그러나 이것은 소설가에게 물어보아서 진전될 일도 아니고, 그가 내놓은 수많은 자료를 가지고 처리해야 할 연구자의 몫이다.

11

이회성은 1998년에 한국 국적을 취득했다. 쉽지 않은 결단이었다. 그러나 사상적으로 전향한 것도 아니고, 인간으로서 변한 아무것도 없다고, 당시 어느 신문과의 인터뷰에서 명확히 밝히고 있다. 그런데도 왜 한국 국적을 가진 것일까?

"김대중 정부의 출범 이후, 특히 그 무렵 경제 위기에서 벗어나려는 고투를 보면서 조국의 고난을 내 것으로 하자는 생각이 들었지요. 21세기는 민족과 국경을 넘어선 인간과 인간이 만나고 돕는 시댑니다. 궁극적으로는 민족이라기보다 인간밖에 없지요."

그해 초 김대중 정부의 출범은 이회성에게 결정적인 결단의 계기가 되었다. 취임식이 있고 난 얼마 후 그는 '아사히朝日신문'에 「한국, 재건과 화해에 기대」라는 제목의 에세이를 실었다. 부제로 붙인 「'인간 대통령·김대중' 탄생에 생각한다」가 본디 제목이었을지 모르겠는데, 그간의 노고를 위로하고 승리를 축하하는 이 글에서, 아마도 핵심적인 부분은 다음이 아닐까 나는 생각했다.

이번의 대통령 선거에서는, 처음으로 평화적인 정권 교체가 실현되었다는 것이 중요하다기보다, 지역감정을 넘어서 국민적 성격을 형성하는 그 이념과 정열로 어렵게 승리했다고 하는 쪽이 더 가치가 있을 것이다. 이 국민적 성격의 성숙 없이는, 민족 통일에의 감정 축적은 잘될 것 같지 않다. 그뿐인가, 국제적 시야로 사물을 생각하는 지성이 길러지는 것도 어렵다. 이 국민적 지성은, 꼬여 있는 대일 관계를 회복할 때에도 민족적 나르시시즘을 넘어서 올바로 기능해, 서로의 문화적 이해를 깊게 하는 힘이 되기도 할 것이다.

국민적 성격, 국민적 지성이라는 말이 유난히 눈에 띈다. 이회성이 쓰는 이 말은 지역감정이나 집단이기주의의 반대에 선 뜻인 듯하다. 이 말을 강조하며 썼을 때 이미 그는 분명한 국적을 지닌 국민이 되는 것이 좋겠다고 생각했는지 모른다.

"내가 생각해도 잘 쓴 글이에요, 허허…… 그런데 지난봄에 총선거 결과를 보면서 참 절망스러웠어요. 요즈음 벌어진다는 의사의 파업 사태도 그렇고요."

그는 그의 성격이나 생김새처럼 어떤 문제를 크게 크게 생각하는 것 같았다. 의사에게도 그럴 만한 사정은 있다는 나의 설명에, 그렇다고 인간의 생명을 담보로 흥정을 벌일 수 있느냐고 잘라 말한다. 사실 그의 성격은 작품에도 잘 반영된다. 예컨대, 그의 아버지는 폭력적이고 독재적인 인물로 묘사되는데, 실제 아버지가 그랬다고 하지만, 끝내 그 아버지를 약간은 희화화하면서 주인공인 나와 화해하는 쪽으로 방향을 잡아낸다. 이 점이, 같은 연배이면서 1985년에 안타깝게도 짧은 생애를 마친 김학영과 대비된다.

현재라는 시간은 과거의 통절痛切한 기억의 무리들로부터 시작하여 짜인 천처럼 존재하고 있다. 그래서 그에게서의 과거란, 늘 지고 있는 가치라는 것, 어두움이고 그림자라는 것밖에 되지 않는다. 그것을 그는 자이니치 2세 세대에 지워진 보편적인 부하負荷로서 그려내는 것이지만, 또 동시에 그것을, 현재의 삶을 바른 가치로 회전시켜버리는 포지티브한 회전축으로서 설정한다.

평론가 다케다 세이치의 말이다. 그도 '자이니치' 한국인인 것으로 나

는 알고 있다. 여기서 '포지티브한 회전축'이라는 용어는 참으로 적절해
보인다.

"자각적으로 씁니다. 그리고 빠져나가고 싶습니다. 일본 문단에서도
빠져나가고 싶고. 문학의 카니발성이라는 것을 믿습니다. 그 안에 모든
것이 용해되는 느낌을 받을 때 행복하지요."

사실 요즈음, 같은 재일 한국인 소설가 사이에서, 훨씬 밑바닥 생활을
경험한 작가는 이회성이 밑바닥을 모르는 작가라 하고, 훨씬 대중적인
인기를 얻고 있는 젊은 작가는 민족의 문제에 매달려 있는 이회성의 모
습이 답답해 보일지도 모른다. 그러나 어쨌건 그가 열어놓은 길로 후배
가 왔고, 그는 자기 몫을 끝까지 지켜나갈 뿐이리라.

시간은 9시를 향해 가고 있었다. 벌써 몇 잔째 생맥주 잔이 바뀌었는
지 모른다. 화장실 가는 척 나와서 서둘러 계산을 했지만 결국 이회성은
안경점을 들르지 못하고 말았다. 신주쿠의 휘황한 거리에 빗줄기는 좀
더 거세졌다. 길에 사람들이 더 많아져서 시끄럽기 때문인지, 내가 취해
서 그런지 목소리가 높아진다.

"한국 국적을 가지고 나서 어땠습니까?"

"선거권도 안 주더라구요, 허허허. 주민등록이 없어서라나요."

· 4 ·

2016년 1월 31일 일요일
—
도쿄의 옆얼굴
—
몇 가지 정치적인 문제
—
기노쿠니야 서점

황거의 해진 뒤로 보이는 국회의사당.

∞∞∞

2016년 1월 31일 일요일

1

일요일 아침은 도쿄의 거리가 한산하다. 아키하바라秋葉原 같은 사람이 모이는 몇 군데 빼면 빈 도시 같다.

어젯밤 설국 기행 일행은 우치사이와이초內幸町의 제국 호텔에 투숙하였다.

숙소에 들어서는 순간 나는 내 눈을 의심했다. 제국 호텔이라니, 이 꿈의 호텔에서 하룻밤 잔단 말인가. 도쿄의 한복판에 있는, 웬만해선 들기 힘든 호텔의 로비에서부터 나는 눈이 휘둥그레졌다. 도쿄에 오면 제국 호텔만 이용했다는 어느 재벌 주인이 생각났다.

물론 방은 본관이 아니었다. 본관에 덧대어 지어진 신관이다. 그래도 로비는 같다. 결혼식 피로연을 마쳤는지, 신부와 친구들의 얼굴이 불그레하니 곱다.

잠자리에 들기 전, 일행 가운데 몇 사람과 호텔 근처의 이자카야에서 생맥주 한 잔씩 했다. 유자와 같은 시골에서 느끼지 못하는 도시의 풍경에 그들도 즐거워했다. 도쿄 역에서 신바시 역 사이, 철도가 지나는 밑에 가게가 늘어서 있다. 참으로 오랜 자리이다. 오랜 세월, 서민의 애환이 담긴 가게들이다.

호텔 옆에 그만큼 오랜 극장이 하나 있다. 아직도 단관 상영관이다. 2000년인가, 저 극장에서 우리 영화 〈공동 경비 구역 JSA〉를 본 적이 있다. 그때도 이 호텔을 지나며 지금은 저세상 사람이 된 재벌 주인을 떠올렸다.

큰길 건너는 히비야 공원이다.

공원 입구의 분수대를 품은 호수가 명물이다. 그래서 찾아왔던 어느 해 여름밤, 응원가를 부르며 난장을 벌이던 게이오대학 학생 몇 명, 호젓한 공원을 들쑤셔놓았다. 라이벌 와세다대학과의 야구 경기에서 지는 날에는 저러는 전통이 있다.

2

호텔을 나선 일행은 황거로 향했다. 제국 호텔 바로 앞이다. 주차장에 선 버스에서 내린 사람은 절반 이상이 중국 관광객이다. 어쩌다 시골에서 구경 온 일본의 노인들과 마주친다.

황거에는 지금 일본 천왕이 산다. 천왕의 일을 수행하는 궁내청宮內廳

황거의 동원.

도쿄의 밤은 빨리 찾아온다

의 사무실도 들어 있다. 그래서 일반인의 출입은 제한된다. 일본식 정원의 진수를 보여주는 동원東苑만 개방하고, 안쪽은 1년에 한 번, 설날 아침 천왕에게 인사하는 행사 때 들어갈 수 있다.

굳이 거기까지 갈 것 있겠나, 오늘 일행은 황거를 둘러싼 해자垓字 따라 둘러보고 기념사진이나 한 장 찍기로 했다.

겨울 아침의 공기가 청정하다.

천만 인구인 도쿄에서 가장 불가사의한 것은 맑은 공기이다. 내가 처음 살던 게이오대학의 기숙사는 학교 뒤편 그러니까 미나토구港區의 대사관 거리 한쪽에 있었다. 우리로 치면 서울의 정동 같은 데이다. 그런데도 아침에 숙소를 나서면 마치 시골의 공기를 마시는 것 같았다.

그때 도쿄도지사가 무척 제 자랑을 했었다.

이시하라 신타로石原愼太郎―

소설가 출신의 우익 정치인 말이다. 도쿄의 맑은 공기는 시내에 디젤차를 다니지 못하게 한 자신의 정책 때문이라는 것이다. 시내버스도 전부 천연가스 엔진을 장착하게 했다.

물론 어느 정도 영향이 있으리라 싶었다. 도쿄 올림픽이 열리던 무렵, 1960년대 시내 풍경을 찍은 영상에는 매연 가득한 도시가 보인다.

그러나 어림없는 소리―

도쿄의 하늘이 맑은 것은 바람 때문이다. 태평양 바닷가의 이 도시에는 산도 하나 없다. 아주 거침없이 바람은 불어와 도시의 하늘에 먼지 한점 남기지 않는다. 오늘 같은 겨울 아침에는 더하다.

3

부도칸武道館과 도쿄도립미술관 그리고 야스쿠니靖國 신사를 지난 버스가 롯폰기힐스 지하 주차장에 멎었다.

모리森 부동산이 만든 이 건물은 도쿄에서 그나마 언덕인 롯폰기六本木의 가장 높은 곳에 위치해 있어서, 70층의 전망대에 올라가면 도쿄 시내가 360도로 발아래 놓인다. 도쿄 타워조차 눈을 깔고 바라볼 정도이다.

태평양전쟁이 끝나고 미군이 진주한 이후, 롯폰기는 마치 우리의 서울, 이태원 같은 지역이 되었다.

전망대와 함께 자리한 미술관이 압권이다.

모리 미술관은 우에노上野 공원에도 있다. 모리 부동산은 전쟁 전후 정부로부터 막대한 부동산을 불하받아, 대규모 주택 단지나 상가를 지어 큰 부자가 되었다.

본디 모리 집안은 쌀장수였다. 메이지 유신이 터지고, 도쿠가와 집안이 소유한 땅에다 셋집을 지어 파는 부동산업으로 확장하였다. 특히 태평양전쟁이 끝난 직후 땅값이 기하급수로 오를 것이라 예상하여 예금해 두었던 돈을 모두 빼내 도쿄 중심지의 땅을 사들였다. 얼마 가지 않아 예금 인출 봉쇄 조치가 내려졌다.

부침浮沈도 있었다. 설립자의 후손이 서로 의견이 맞지 않아 회사가 쪼개지기도 하였다. 그러나 빛나는 부동산 업자의 저력은 그대로 남아, 모리 타워라는 상징적인 건물을 짓게까지 되었다. 이곳은 그들이 사들였던 땅의 중심지이다.

도쿄 아사쿠사의 골목.

해마다 특별전이 열리곤 하는데, 도록 한 권만 사는 것으로도 이곳을 방문한 보람을 찾곤 한다. 오늘은 날이 맑아 전망대에서는 멀리 후지산이 보였다.

4

일행은 오다이바お台場로 옮겨갔다. 도쿄만 낮은 습지를 간척하여 만든 너른 대지에 온갖 시설이 들어섰다. 해수욕장이라 불러도 좋을 백사장에 사람들이 모여 있다. 따스한 겨울 햇빛이 비춘다.

옛 에도 시대의 풍물을 재현한 전시관과 가게들이 눈길을 끈다.

사실 도쿄는 다녀볼 곳이 너무 많아서, 이 기행에서는 매년 방문 장소를 달리해왔다. 아사쿠사의 센소지浅草寺, 긴자의 야마하 홀, 메이지신궁의 거대한 삼나무숲 같은 곳이다. 어떤 해는 신궁에서 벌어지는 결혼식을 구경할 수도 있었다. 신부가 입은 기모노에 눈길을 빼앗긴다. 하라주쿠의 상점가에 풀어놓으면 가족과 함께 온 어린아이들은 설국의 여관은 아예 잊어버리는 것 같다.

하지만 오늘은 오다이바이다. 초밥에 우동을 곁들인 정식이 점심 메뉴이다. 도쿄에서 단체로 들어와 먹을 수 있는 식당은 사실 맛을 담보할 수 없다. 그래도 기본은 하는 것이어서, 기행지에서의 마지막 식사를 모두 맛있게 즐겼다.

이제 일행을 태운 버스는 나리타공항으로 갈 것이다. 눈이 내리던 유자와는 일행 모두의 가슴에 남아 있다.

나는 여기 남기로 하였다. 이제부터 4일간의 진정한 나의 기행이 시작된다. 1999년 가을부터 3년간 살았던, 2007년 3월부터 1년간 살았던 도쿄의, 내 발자국이 찍힌 공간을 하나하나 되짚어보기로 하였다. 멀리는 17년 만에 가까이는 9년 만에 찾아보는 곳이다.

이제 일행을 책임져야 하는 위치에서 벗어나는 것으로 홀가분하다. 더욱이 추억 어린 장소가 나를 기다린다. 그런데도 이럴 때면 홀가분하지도 반갑지도 않다. 어떤 트라우마가 내게는 있다.

1999년 9월, 도쿄에 도착하고 한 달 반 남짓 지났을 때, 이곳 생활에 전혀 적응하지 못한 무렵, 서울에서 고형렬 시인이 온 적 있었다. 도쿄 교외의 고마에시의 한국어동호회에서 초청한 것이었다. 서울 올림픽이 열리던 무렵, 시민이 자발적으로 만든 모임이라 했다. 매주 시민회관에 모여 한국어를 공부하고, 1년에 한 번 한국의 문인을 초대하는 행사가 열리고 있었다. 그해 고형렬 시인이 초청된 것이었다.

3일간 이런저런 행사에 참여하며 고형렬 시인과 함께 지냈다. 나는 그와 형제 같은 문단 선후배이다. '시힘'이라는 동인을 함께 만들기도 했었다.

마지막 날, 동호회에서는 조심스럽게 내게 부탁하는 것이었다. 마침 공항까지 배웅할 사람이 없으니 좀 도와달라고…… 물론 나는 흔쾌히

오다이바 해변, 자매는 하늘로 날아오른다.

도쿄의 밤은 빨리 찾아온다

받아들였다. 배웅자가 있더라도 함께 가려 했으니 말이다.

동호회에서는 나리타까지 가는 리무진 버스표를 2장 준비해 내게 주었다. 신주쿠의 워싱턴 호텔 앞에서 버스를 기다렸다.

10월 말의 아침 햇살이 고왔다.

집을 떠나와 처음 만나는 고향 사람이다. 어제는 한국어동호회의 어느 회원 집에서 함께 잤다. 먼 이국의 낯선 집에서 이렇게 하룻밤을 보낼 줄 알았을까?

어느 해인가, 고형렬 시인은 한 지면에 나의 시 「격포」를 소개해주며 이런 글을 남겼다.

격포라 찾아왔네 십 년 만이든가

소래사 단풍 곱기도 했는데

철없던 계집애들 여관집 밥 먹고

차 한 잔 마신다고 몰려갔던 다방

사람 드문 바닷가 거기 정담다방

나이든 여자 하나 하품만 하고 있었지

십 년 세월 깜박했네 어느새든가

소래사 단풍 아직 철 이른데

어디였는지 정담다방 찾을 길 없고

정답던 얘기만 허공중에 떴겠구나

콩국수 말아 먹는 여자 하나

입에 든 것 삼키지도 않고
"없어졌제라, 칠 년도 넘그만
그동안 한 번도 안 왔다요……"

서둘러 자리 뜨는 뒤통수만 가려웠다네.

벌교생인 고운기의 이 「격포」 시를 읽다가 눈시울 붉다. 그 정담다방이 나와 다를 게 무언가. 세월은 가고 이 시만 남다. 일본 도쿄 모 대학에 한 1년 강의하러 간 시인은 소식이 없다. 이러지 말고 우리 소래사나 한번 가세. 가서 그 다방 주변에서 술 한잔 취해 가을 유원지의 건달이 되세. 시 하나 믿고 붙잡고 여기까지 왔지만 그것도 쓸쓸하긴 마찬가지. 이 시가 좋네.

호텔 커피숍에 앉아 참 한가하게 보낸 오전 나절이었다. 버스에 올라 나리타공항을 향하면서도 선배와의 해후가 그냥 신기하기만 했다. 그런데 티켓팅을 마치고 출국장으로 내려가는 선배의 뒷모습을 보면서, 계단에 잠시 서서 내가 있는 곳을 돌아보는 선배의 얼굴을 보면서, 나는 와락, 지금이라도 함께 돌아갈 수 있다면 얼마나 좋을까, 그런 생각이 엄습했다. 새삼 이곳에 서 있어야 한다는 것이 가슴을 먹먹하게 만들었다.
전철을 타고 돌아오는 길은 더욱 발걸음이 무거웠다.
다시는 배웅 같은 것 안 한다, 그때 했던 결심이었다. 설국 기행 일행을 태운 버스가 서서히 움직이자, 떠나는 버스에 손을 흔들며, 나의 머릿속은 그런 세월을 헤아려보고 있었다.

6

짐을 호텔에 맡기고 어슬렁거리며 나온 신주쿠는 벌써 어둑어둑하다. 겨울의 해는 그렇게 빨리 진다.

내가 애용하는 호텔은 신주쿠 3초메의 1인실 비즈니스 급이다. 하루 4,500엔 하는, 아마도 도쿄에서 가장 싼 호텔일 것이다. 1월 말이면 일본은 대학 입시철이라서, 지방에서 시험 보러 온 학생이 많다. 그러나 이번에는 1만 엔이 넘어가는 꽤 비싼 호텔에 들었다. 호강한다.

문득 도쿄에 사는 이태문 시인이 생각났다.

이번 여행에는 그에게 연락하지 않았지만 그나 나나 한때 같은 이방인이었다. 나보다 먼저 도착하여 살았는데, 그는 도쿄에서 지금도 이방인이다. 휑한 뚫린 가슴으로 가득한 멍을 안은 채 살아간다.

1엔도 쓰지 않은 날

난 불안해진다. 1엔

어치도 소비하지 않은

날 불안해한다. 과소비한

날이다. 하루를 1엔과도

바꿀 수 없을 만큼 비참한

날, 나는 날 저주한다.

—이태문, 「과소비」 전문

어둠이 찾아든 신주쿠의 밤거리.

도쿄의 밤은 빨리 찾아온다

1엔도 쓰지 않았다면 한 푼도 쓰지 않은 날인데, 그런 날을 과소비한 날이라 말하는 역설 속에 무엇이 숨었을까. 이방인으로서 유학생이 겪는 고통 속에는 경제적인 것이 크지만, 아낀 것이 돈이라면 돈을 아끼기 위해서 소비해야 하는 다른 무엇이 있다. 아껴야 한다면 아낄 일이라도, 이방인은 거기에 과도한 신경을 쓰지 않을 처지가 못 된다. 이방은 돈 이상의 어떤 무엇을 이방인에게서 과도하게 빼앗아간다.

그런 세월을, 같은 경험을 해본 사람으로서 나는 너무 잘 이해할 수 있다.

∾∾∾

도쿄의 옆얼굴

2001년 9월

1

일본의 교과서 문제로 한창 시끄럽던 3월 초, 나는 각각 다른 두 사람과 이를 화제에 올려 이야기를 나눈 적이 있다. 한 사람은 한국을 손바닥처럼 훤히 알고 있는 50대 초반의 일본인, 다른 한 사람은 같은 나이의 한국인이었다.

상당히 진보적인 생각을 가지고 있는 그 일본인은 우익 단체가 주도하는 문제의 교과서에 대해, 일본 내에서 도출될 수 있는 하나의 의견으로 볼 수밖에 없지 않느냐는 생각을 가지고 있었고, 한국인은 우리네 여론이 그러했듯이, 매우 심각하게 이것의 부당성과 장래에 나타날 악영향을 우려했다. 그 문제의 교과서는 30여 종이 넘는 검인정 교과서의 일부이고, 그것을 채택해서 쓸 학교는 제한적이라는 나의 부언 설명도 필요 없었다. 단 몇 퍼센트가 쓴들 그것이 국가가 인정하는 교과서이고, 거기서부터 출발할 왜곡된 역사의식을 가진 소수는 다시 또 무슨 일을 벌일지 모르는 화약고나 다름없다고, 예의 한국인은 힘주어 주장했다.

사실 이 문제는 어제오늘 되풀이된 일이 아니다. 한때는 일본의 문부성이 어물쩍 문제를 일으키더니, 이번에는 우익 단체가 중심이 되어 좀 더 조직화된 모습으로 나섰다. 그들은 무엇이 왜곡이냐는 적극적인 자세다, 너희네 교과서에는 왜곡이 없느냐는 역공까지 취했다.

멀지도 않은 시간, 아직도 그때의 가해자와 피해자가 생존해 있는 20세기 전반기의 일을 가지고도 두 나라 사이의 갈등은 풀리지 않고 있음을, 우리는 교과서 문제가 터질 때마다 느낀다. 그것을 다양한 의견 가운데 하나라고만 보기에는 왠지 개운찮고, 역사 왜곡이라는 당위론적 명제만 되풀이하는 것도 답답하다. 그러기에 근본적인 해결책이랄까 좀더 높은 차원의 해법을 깊이 고민해보지 않고는 늘 현상만 맴돌 뿐이라는 생각이지만, 거기에 한발 들여놓기가 주저스러운 점 또한 없지 않다.

일본 내에서는 우익의 테러가 엄존하고, 한국에서는 자칫하다간 친일분자 소리를 듣기 쉽다.

2

일본인이 어떻게 그 후세를 교육하고 있는가는, 일제강점기 시절의 체험담을 말하는 우리네 할아버지 세대의 이야기를 들어서도 알고 있었지만, 그 구체적인 모습을 그다지 다르지 않게 지금도 볼 수 있다. 시절이 달라졌다고 하나 그들의 2세 교육을 보면 마치 옛 할아버지의 체험담을 다시 듣는 듯하다.

1960년대에 나가노長野현의 시골에서 소학교를 다녔다는 이토 요시히데伊藤好英씨는 식사 시간이 늘 고역이었다고 한다. 먹다보면 입에 잘 안 맞기도 하고 양이 많아 남기고 싶을 때도 있었지만, 그것은 결코 허용되지 않았기 때문이다. 결코 남기거나 흘려서는 안 되었다. 학교에서 급식이 실시된 다음, 점심시간은 차라리 공포에 가까웠다고 한다.

"아이들이 먹기 싫으면 안 먹을 수도 있지요, 그래야 좋지 않아요?"라고 이토씨는 말을 맺었다. 나는 그 마지막 말이 도리어 무서웠다.

2000년 여름부터 도쿄는 지진의 공포 속에 묻혀 있었다. 이 몇 년 사이 대지진에 관한 낭설이 횡행했다. 관동대지진 70년 주기설이 제기된 것은 이미 여러 해 전이지만, 연말에는 그 흔하던 까마귀가 도쿄의 하늘에서 사라졌다고, 그것은 곧 새만이 아는 지진의 예감이라고 떠드는 주간지에다, 후지산의 분출 가능성을 매우 과학적으로 전하는 뉴스도 있어서, 뭔가 일이 터질 것만 같은 느낌이었다.

그런데 도쿄로부터 정남으로 내려간 태평양 가운데의 미야케시마三宅島라는 섬에서 화산이 폭발했다. 봄에는 홋카이도에서, 초여름에는 큐슈에서 큰 지진이 일어나더니 점점 도쿄를 향해 다가오는 것 같았다.

그러나 한 해가 저물도록 도쿄에는 아무 일이 없었고, 나는 이 과정에서 뜻밖의 장면을 목격했다.

미야게시마의 지진은 심각해서 결국 섬 주민 전부가 피난을 가게 되었는데, 마침 내가 살고 있는 곳 가까이에 그들의 피난지가 차려져, 수재

엄마의 품에 안긴 아이. 지진으로 피난 시설에 따로 수용돼, 일주일에 한 번 면회 시간을 가진다.

민들 때문에 어쩌면 우리에게도 낯익은 공동생활을 여기서 구경하게 된 것이다.

　나는 다만 잘 정돈된 피난촌이나 그들의 차분한 생활, 또는 질서의식 같은 것을 보고 놀라지는 않았다. 일본인의 그런 모습은 우리에게 낯익 다. 내가 놀란 것은, 피난민들 가운데 초등학교 이상의 학생들은 학교 시 설로 수용돼 기숙을 하며 가족과 떨어져 생활한다는 사실이었다. 그리 고 그들에게는 일주일에 단 한 번만 부모와의 면회가 허용된다.

　하나도 남기지 말고 다 먹어야 한다든지, 비상 시기를 넘기기 위해서 부모와 떨어져 살아야 한다든지, 거기서 더 나아가 일본식 교육법으로 우리에게도 잘 알려진바, 겨울철에도 두꺼운 옷을 입히지 않는다든지, 요컨대 의식주에 관련된 기본 교육은 상당한 시대의 변화에도 불구하고 일본에서는 아직 여전한 듯하다.

부모와의 면회가 허용된 주말, 초등학교 1학년 아이가 젊은 엄마의 품에 안긴 신문 보도 사진 한 장은, 한때 일본 전역을 안타깝게 했다. 그러나 그렇다고 아이들을 부모와 함께 살게 하자고 말하는 사람은 보지 못했다.

3

도쿄에서 본 몇 가지를 소개했지만, 그와 반대로 뜻밖의 장면을 여러 번 마주친 것도 사실이다.

예컨대 시부야澁谷 같은 도쿄의 번화가에 가면 지저분하기 짝이 없다. 시부야는 젊은이가 많이 모이는 곳이다. 그래서 서울을 와본 일본인은 그곳이 신촌과 닮았다고 말한다. 그런 시부야의 큰길가는 담배꽁초로 덮였고, 홈리스는 독한 냄새를 풍기며 활보한다. 신호등을 지키지 않고 미리 건너는 사람도 많다.

꽤나 깔끔 떠는 일본인이건만 여기서만큼은 상당히 체면 구길 만한 일을 많이 보여준다.

서울에서 살다 온 나 같은 사람에게 도쿄의 이런 거리는 처음에 그다지 경외스럽게 다가오지 않는다. 이상李箱을 기죽게 하던 1930년대의 경성과 도쿄가 아니다. 어찌 그다지 닮았는가가 오히려 놀라울 정도다.

그러나 일본인이 가진 깊은 고민은 그런 데 있는 것 같지 않다.

일본은 선진화된 사회다. 선진이라고 할 만한 여러 요소를 두루 갖추고 있는 도시가 도쿄다. 선진화된 사회란 거꾸로 보면 어느 수준에 이르러 이제 그 자리에 멈춰 있는 사회이기도 하다. 그래서 도대체 변화를 찾아보기 힘들다. 그것이 안정이라면 안정이지만 활기를 잃은 죽은 도시 같은 느낌도 동시에 들 수 있다. 정체된 동맥경화, 그것이 바로 지금 일본의 고민이다.

그런데 그것이 최고의 수준에 이르러 있다면 다르다. 절대적 기준을 세우기 어렵지만, 그 수준은 건물과 도로를 깨끗이 치워놓고 사는 일만이 아니다. 최고의 수준은 새로운 방향으로의 끊임없는 모색과 그것을 가능하게 하는 역동적 시스템의 구축으로 요약될 것 같다.

지금 우리가 보는 일본의 여러 경탄할 부분은 이미 메이지 유신 이후 군국주의로 도로徒勞가 되기 전까지도 보여주었던 것이다.

그것이 왜 헛수고로 돌아갔을까?

바로 역동적 시스템을 구축하는 데 실패하였기 때문은 아닐까?

교과서의 문제를 예로 들며 이 이야기를 시작했다. 핵심은 하나다. 사과할 것은 하고 인정할 부분은 그대로 쓰면 그만이다. 그런데 좀체 그렇게 하지 않는다. 좀더 정확히 말하자면, 하지 않으려는 그룹이 있고, 일본 정부는 은연중에 그들을 비호한다. 그렇게 하지 않는다면 자신이 구축한 지금의 사회가 무너지리라 생각하고 있는지 모르겠다.

하나의 스펙트럼처럼 다양한 의견이 일본 사회에는 누벼져 있지만, 어떤 의견을 가지고 있건 공통된 것은 과거에 대한, 또 그것으로부터 오늘날까지 이어지는 책임의식이고, 역동적 시스템이란 그런 데서 만들어지지 않을까 싶다.

그런데 일본은 거기까지 나가 있는 것 같지 않다. 일본은 그것으로 최고다.

몇 가지 정치적인 문제

2001년 10월

1

올봄에 새로 수상에 선출된 고이즈미 준이치로小泉純一郎씨는, 그 스스로도 놀라듯, 80퍼센트가 넘는 일본 국민으로부터 지지를 받고 있다. 정치라면 아예 사래질을 치던 사람들이 언제 그토록 정치에 관심을 갖게 된 것인지, 고이즈미씨가 무엇을 얼마나 했길래 그토록 높은 지지를 받는지, 나는 그 까닭을 잘 모르겠다.

따지고 보면 그는 개혁이라는 말 한마디밖에 한 게 없다. 개혁을 위해 몸 바쳐 싸운 기록도, 앞으로 어떻게 해나가겠다는 청사진도 불투명하다. 그러나 그는 말끝마다 외친다. 개혁하겠다고.

그런데 그런 알맹이 없는 말 한마디도 신선하게 들릴 만큼 최근 일본의 정치가 진부했던 것이 아닌지 모르겠다.

고이즈미 정부는 선거만 하면 이긴다. 무슨 뾰족한 정책이 나온 것도 아닌데, 바람몰이에는 일본인도 별수 없구나, 아니 일본인이 그토록 단순한가, 의문이 들기까지 하였다. 야당은 물론 여당 안의 반대 세력도 손을 놓고 망연자실해 있다. 그저 고이즈미씨가, 또는 그가 이끄는 내각이 어떤 실수를 해서 스스로 점수 깎아먹기만 기다리고 있는 듯하다.

그의 이런 인기는 그의 솔직하고 과감한 성격에서 나온 것 같다.

'베토벤'이라는 별명이 붙을 만큼 헝클어진 듯한 머리는 기름을 발라 쪽 빗어 넘긴 다른 정치인과 확연히 구분된다. '이상한 사람'이라는 또다른 별명이 말해주듯, 그는 이른바 정도正道라고 부르는 일본 정치인의 관행에서 벗어나 있다. 그의 이런 이미지 형성은 그가 대도시 출신에다 진보적인 성향의 게이오대학을 다닌 점, 나아가 젊은 시절의 유럽 유학 경험 등이 복합되어 나온 듯하다.

너무나도 잘 짜인 틀이지만 사람이 거기에 싫증을 느낄 때쯤 고이즈미씨는 일탈에 가까운 제스처로 사람의 시선을 끌어들이는 데 성공하고 있다.

2

또 한 사람이 있다. 이시하라 신타로 도쿄지사. 그의 인기는 고이즈미씨를 능가한다.

그가 대학 재학중에 쓴 소설 『태양의 세절』은, 일본인이 '동양의 노벨상'이라고 부르는 아쿠타가와상을 받았고, 이 소설을 원작으로 만들어진 영화에는 그의 동생 이시하라 유지로가 출연해 '일본의 제임스 딘'이라는 평판을 받았다. 이시하라씨는 소설가로서의 인기와 동생의 응원에 힘입어 국회의원에 당선되면서 정치가로 변신했다.

그런 이시하라씨가 얼마 전 자신의 발언이 문제가 돼 한번 홍역을 치른 적이 있다. 우리에게도 잘 알려진 이른바 '제3국인 발언'이다. 그러나 그의 인기는 이 일을 계기로 오히려 높아졌다. 그것은 돌출적인 그의 행동을 좋아하는 사람이 많다는 뜻이다.

자위대의 어떤 기념식장에서 연설을 하던 그는 거의 즉흥적으로, "자위대는 불법입국자 제3국인이 소동을 피울 때 나가서 진압해야 하는 군인"이라는 요지의 말을 했다. 분명 실언이었다. 여기서 문제가 된 것은 '제3국인'과 '군인'이라는 단어였다.

제3국이란, 일본이 전쟁에서 지고 미군이 신탁통치를 할 때 미군과 일본인 이외의 사람을 가리키는 말이었는데, 겉으로는 보통명사이지만 역사적인 상황 속에서 하나의 차별어가 되었다. 그때 제3국인은 한국인을 비롯해 중국인, 동남아시아인 등을 가리켰다.

그런 제3국인은 일본인에게 '골칫덩어리'요 '사고뭉치'였다.

그런데 이시하라씨는 '불법입국자 제3국인'이라고 하였다. '불법입국자인 제3국인'인지 '불법입국자와 제3국인'인지 명확하지 않았다. 기자회견장에서 이시하라씨는 전자의 경우였다고 해명하면서, 제3국인도 역사성을 갖는 차별어로서가 아니라 당사자가 아닌 사람이라는 뜻의 보통명사로 썼다고 둘러댔다.

또 하나 남는 문제가 '군인'이었다.

자위대를 군인이라고 부르는 것은 현행법을 위반한 호칭이다. 그것을 따지는 기자에게 이시하라씨는 이렇게 말했다.

만약 자위대원이 시가행진을 한다고 합시다. 그때 거기를 지나가던 어떤 외국인이 그것을 보고, '저기 군인이 간다'고 하지 '저기 자위대원이 간다'라고 하겠소?

소설가다운 재치가 번득이는 순간이다. 돌출 발언임을 가장하면서 은근히 속내를 드러내 보이는 표현이기도 하다.

그러나 다른 기자가 끈질기게 물고 늘어졌다.

이번 파문에 책임을 지고 사퇴하시겠습니까?

그러자 회견장을 떠나려던 이시하라씨는 기자를 향해 돌아보며 한마디 한다.

별 바보 같은 소리 다 듣겠네.

.

3

남에 대해 세심히 배려하는 습관은 좋은 것이다. 그런 분위기를 만든

아스쿠니 신사 입구.

사회야말로 근대화된 선진 사회임에 틀림없다. 그런 한편 거기서 돌출하는 발언은 한몫한다.

앞서 소개한 두 사람의 정치인은 그것을 잘도 활용하고 있다고 보아도 틀림없다. 문제는 두 정치인의 돌출이 진보적이고 전위적인 성향에서 나왔느냐이다. 지금까지 우리의 잣대로 보면 그것이 아닌 것도 틀림없다.

고이즈미씨는 오는 8월 15일, 곧 그들의 패전일에 야스쿠니 신사를 수상 자격으로 참배하겠다고 공언했다. 이것은 그의 주변 적들이 그토록 고대해 마지않는 실수 가운데 하나가 될 수도 있다. 벌써부터 우리나라를 비롯한 주변 국가에서는 이에 대해 우려를 표명하고, 결국 고이즈미씨도 보수 우파라고 결론을 내리는 것 같다.

왜 야스쿠니 신사가 그토록 문제가 되는가?

본디 이 신사는 일본의 역사상 크고 작은 전쟁에서 희생된 무고한 군인의 영령을 기리는 곳이었다. 그렇다면 이는 어느 나라에나 있는 국립묘지나 전쟁기념관에 대응될 것이고, 일본은 가해자라는 입장에서 그것만으로도 주변 나라의 눈총을 살 수 있겠지만, 나라를 위해 희생했다는 점에서 죽은 이들이 그 후손으로부터 존경까지는 아니나 최소한 추모는 받을 수 있게 눈감아주는 것이 도리일지도 모른다.

그런데 1970년대 후반, 종전 후 1급 전범으로 재판을 받았던 사람들의 위패가 이 신사에 슬그머니 안치되었다.

그때부터 문제가 심각해졌다.

일본은 전쟁에 대한 배상을 그들의 경제성장과 맞추어 조금씩 해왔지만, 책임 인정이나 사죄보다 은근히 원자폭탄의 희생국이었음을 더 내세우기 시작했다. 1급 전범의 위패가 야스쿠니 신사에 안치된 것은 전쟁배상이 어느 정도 끝나가는 시점이었다. 의미심장한 수순이다.

4

그런 야스쿠니 신사를 참배하겠다는 고이즈미씨의 논리는 이른바 국립묘지론이다. 나라를 위해 희생한 조상을 찾아가 위로하는 것은 후손된 도리라고 떳떳이 말한다. 주변 나라 눈치보느라 이곳에 가지 않은 역대 수상이나, 갔다 할지라도 개인 자격이라고 슬그머니 꼬리를 내린 또 다른 수상에 비해, 그의 태도는 배짱 있고 무엇보다 논리가 뒷받침되어 있다. 그것이 인기를 얻는 비결일까?

이 문제를 보는 우리의 시선은 좀더 정치精緻해져야 하지 않을까 한다.

간단치 않다.

야스쿠니 신사를 가면 보수 우파고 그것을 비판하면 진보 전위라고 단순하게 양분해버리면, 상대를 대하는 시각은 분명해질지 모르나, 대화나 협력의 상대로 이어나가야 할 상황에서 우리 스스로 장애를 만드는 결과밖에 안 된다.

고이즈미씨의 행동이 과거 보수적인 정객과 어떻게 다른가를 찾아보는 것이 우선 과제일 듯하다. 그는 전후에 교육을 받은 세대에 속한다. 그 세대에게 다른 것이 분명 있다. 이시하라씨도 당시로서 충격적이고 전위적인 작품으로 문단에 데뷔한 작가였다.

그런 사람이 말하는 야스쿠니 참배, 부국강병, 헌법 개정, 자위대의 국 군화는 지난날 일본의 정치인이 마치 가미카제神風식으로 '망언'을 했던 것과 어떻게 다른가?

지금 일본의 무엇이 그들로 하여금 야스쿠니에 가게 하는가?

그들의 돌출 발언은 실상 세심함을 바탕으로 하고 있고, 그래서 어느 정도 논리를 갖추는 것이 가능해졌으며, 거기서 자국민의 마음을 서서 히 움직이는 힘이 나오는 듯하다. 못내 경계되는 바는 그것이다. 뭔가에 홀려 가고 있는 것 같은데, 외국인인 나는 물론이러니와 일본인조차 그 정체를 잘 모르는 듯하다.

마치 청주에 서서히 취하듯이 말이다.

〰〰

기노쿠니야 서점

2012년 1월

1

도쿄에 갈 때마다 들르는 서점, 기노쿠니야. 사람을 만날 때도 늘 이 서점 입구 에스컬레이터 앞이다.

2

유학 시절, 나를 놀라게 했던 일본 학자 가운데 한 사람이 오노 스스무 大野晋 선생이다. 일본어의 기원을 고대 인도에서 찾은 사람이다. 한반도 로부터 영향을 받기 훨씬 전의 일이다. 일본 문학의 자랑 『겐지 모노가 타리源氏物語』가 세 갈래의 원작을 모아놓았음을 밝힌 사람이다.

두 책을 읽으며 밤을 새던 기억이 새롭다.

이번에도 대작이 나와 있었다. 『고전기초어사전』이다. 띠지에 "오노 스스무 씨의 가르침은 살아 있다"는 오에 겐자부로의 추천사와 함께.

3

내 시의 스승, 정희성 선생의 시집이 일본에서 번역되어 나왔다는 소식을 들은 적이 있다. 제목은 『시를 찾아서』로 붙였다. 서점에 가보니 선생의 책이 진열되어 있었다.

군부독재의 단말마斷末魔가 가까이 들리던 1978년 가을, 나는 고등학교 2학년 학생이었다. 국어 시간이면, 작은 키에 단아한 모습, 눈빛이 맑은 선생 한 분을 나는 기다렸다. 정희성— 그러나 그가 좀체 시국을 입에 올린 적은 없었다. 3학년의 한 선배가 어느 문학지에 실린 시를 보여주었다. 「저문 강에 삽을 씻고」였다.

흐르는 것이 물뿐이랴
우리가 저와 같아서
강변에 나가 삽을 씻으며
거기 슬픔도 퍼다 버린다.

처음 닛 줄을 읽있을 때 '물'과 '삽'과 '슬픔'이라는 세 단어가 주는 울림에 떨었던 기억이, 40년이 다 되어가는 오늘까지 선연하다. 그보다 먼

기노쿠니야 서점에서 본 오노 스스무 교수의 『고전기초어사전』과 정희성 시인의 『시를 찾아서』.

저 정희성은 "흐를 수 없는 것은 우리뿐 아니라/저문 강 언덕에 떠도는 혼이여"(「유전流轉」에서)라고 노래한 적이 있었다. 몇 년의 정치적 신난辛難을 겪으며, 정희성에게 저문 강 흐르는 물은 어느새 역사 속으로 자기화自己化되어 있었다.

처음으로 널리 알려진 것은 『저문 강에 삽을 씻고』(창비, 1978)라는 시집이었지만, 이 시집 이전의 세계를 부정한다고 말해 꽤 손해를 봤지. 시인 자신이 부정하는 시를 평론가 누가 다루고 싶겠어? (웃음)

그랬다. 정희성 시인은 1974년 자비 출판으로 『답청』을 냈었다. 이 시집은 고아古雅한 시적 풍류가 넘치는 것이었다. '부정했다'는 '후기'의 그 글은 이랬다.

내 시의 독자 가운데 아직도 나에게 관심을 가지고 있는 상당수는 첫 시집 『답청』에서 받은 인상에 기대를 걸고 있으며, 그후의 변화를 회의적인 눈으로 바라보는 경향이 있는 것 같다. 그러나 나는 그러한 독자들의 느낌과는 다른 입장에서 오히려 『답청』의 세계를 부정하고 싶다.

이는 당시로서 결연한 당신의 의지였다. 시가 당대의 현실에 눈감을 수 없음을 선언하는 시인의 자기고백이었다.

그런 마음 자체는 지금도 변함없어 보인다. 지난 1997년 『답청』이 복간 시리즈로 어느 출판사에서 다시 간행되었을 때, 시인은 '옛날의 부끄러운 모습'이라고 서문에서 밝혔다. 다만 "그 시가 내 성에 차지 않는다고 해서 내 글이 아니라고 부정할 수 없는 노릇"이라는 말로, 당초 '부정'이라 견지했던 태도를 약간 누그러뜨렸을 뿐이다.

4

내 영혼의 멘토, 심원섭 선생이 일본에 체재하는 동안 NHK의 한국어 방송을 했었다. 그때 원고와 육성 녹음을 담은 책이 진열대에 있었다. 『감춰두었던 이야기』라는 제목, 무엇을 그리도 감춰두었을까?

2007년 한 해 동안 나는 메이지대학에서 그는 와세다대학에서 교원 노릇을 하고 있었다. 그의 집은 후나바시船橋였고, 나는 거기서 조금 더 가 치바千葉였다. 더러 퇴근길에 만나 나누던 대포 한잔이 생생하다. 그 무렵에 썼던 시 한 편—

두보는 강남에서 이구년을 만났다
귀신이나 내는 소리를 하는 그

가는 비가 오는 창밖의 떨어지는 꽃잎에 흐르는 물방울 같은
마침 꽃잎은 바람을 타고 공중에 방울방울
몸 부딪히며 흩어지는 소리
그렇게 흘러간 세월을 담아낸 내력을 곰곰 생각한다

전차가 니시 후나바시에 멎는다

시몽이라 불렸던 심 선배를 만난다, 토요일 저녁 퇴근길

돌아가 쉴 자리가 있는데도 마치 떠돌이처럼

우리는 이십 수 년 전의 일을 떠올리고

떨어지기도 전에 다음 술을 시키고

마지막 전차 시간을 알려주는 주인은 어느 누이를 닮았다

신촌이었을까, 대학로였을까

……아니 두보가 이구년을 처음 만나던 장안長安이었다던가

시몽 선배가 일어나 그 옛날 노래를 부르는데

퇴근길 전차 안에서 눈이 마주쳤던 빗방울이

어느새 니시 후나바시 역전에 저 혼자 내려 있다가

어느 누이가 열어주는 문을 넘어 문득 다가왔다.

—「나들이」 전문

5

도쿄에서 이런저런 도움을 주는 김양숙 선생—

재일 교포이면서 제주도 민속을 연구해 도쿄대학 대학원에서 박사학

위를 준비중이다. 기노쿠니야 서점 앞, 삿포로 맥주에서 만든 비어홀 라이온, 그를 만나 맥주 한잔 나누는 즐거움이 쏠쏠하다. 도쿄에 서점이 많지만 굳이 기노쿠니야를 찾는 까닭이기도 하다.

제주도 출신 아버지는 한국 식당을 했다. 장사가 괜찮아 어렵지 않게 살았다고 한다.

릿교立教대학 재학 시절, 한국인으로서 첫 자의식이 싹텄다. 고노河野 담화(1993)가 발표된 때였다.

담화에서 고노 요헤이 당시 관방장관은 일본군 위안부에 대한 일본군과 군의 강제성을 인정하였다. 위안소는 군軍 당국의 요청에 의해 설치된 것이며, 위안소의 설치·관리 및 위안부 이송에 관해서는 구 일본군이 관여하였다고 했다. 아울러 위안부에게 사과와 반성의 마음을 올린다고 말하였다. 획기적인 일이었다.

실은 그로부터 2년 전, 일본군 위안부 출신인 김학순씨가 처음으로 용기 있게 자신의 과거를 밝혔기 때문이다.

이 일로 일본 내에서는 위안부 문제를 논의하고 위안부를 돕겠다는 민간 차원의 운동이 벌어졌다. 김양숙도 이 운동에 참여하였다. 서울 올림픽 이후 한국의 높아진 위상이 단초가 되었지만, 새삼 재일 한국인이라는 처지에 더이상 주눅들 필요 없다는 생각이 강해졌다. 그것은 김양숙 한 사람만의 생각이 아니었다.

그런데 일이 이상하게 흘러갔다.

김양숙뿐만 아니라 많은 일본인이 선의로 시작한 위안부 돕기 운동은 한국 내의 반발로 벽에 부딪힌 것이다.

한국에서 내놓은 일본 정부의 진정한 사과, 피해보상 등의 요구는 당연하였는데, 그것이 순조롭지 않자 사태의 해결은 꼬여만 가고, 심지어 민간의 자발적인 돕기 운동조차 정치적으로 해석되었다. 한국에서는 이 운동을 일본 정부가 민간을 앞세워 꼬리 자르기를 하려 한다고 받아들인 것이다.

사실 일본 내에서 정부와 민간은 엄연히 다르다.

일본 사회의 민간운동을 잘 이해하지 못하는 한국 사회의 오해였다. 정부의 앞잡이거나 동정이나 하려는 태도라고 매도되자 운동에 참여한 사람들이 하나둘 떠났다.

일본의 시민운동과 한국의 당사자가 좀더 긴밀하게 연대했으면 좋았을 거예요……

김양숙씨는 그때의 일을 지금도 아쉬워한다.

• 5 •

2016년 2월 1일 월요일
—
저 작은 데까지 규칙이
—
나오미라는 근대
—
미타부인회 三田婦人會
—
도쿄외국어대 조선어과
—
사에구사 도시카쓰 선생
—
도이 기요타미 선생

∽∽∽

2016년 2월 1일 월요일

1

호텔을 나와 월요일 아침 전철을 탔다. 야마노테선山手線ㅡ. 우리나라 서울의 2호선과 같은 원형의 순환선이다. 도쿄 전철의 자존심이다. 야마노테선 전철을 타면 비로소 도쿄에 왔다는 실감이 난다. 출근 시간에는 30초 간격으로 움직이기도 한다. 그런 촘촘한 배차인데도 시간표가 플랫폼에 걸려 있다.

저게 맞나?

맞다.

그러나 오늘 아침은 출근 시간을 좀 지나 있다. 한가한 나그네가 출근 길의 직장인을 괴롭힐 까닭이 있나.

신주쿠에서 오늘의 첫 목적지 다마치까지는 20여 분 소요된다. 야마노테선의 총길이는 우리 2호선에 비하면 3분의 2 정도이다. 중심의 도쿄

아침 출근 시간을 막 넘긴 신주쿠 역.

도쿄의 밤은 빨리 찾아온다

역을 필두로 우에노, 오츠카, 이케부쿠로, 신주쿠, 시부야, 시나가와 같
은 도쿄의 부심을 원으로 이어놓았다. 이 부심에서 다시 방사형으로 뻗
어나가는 국철과 사철의 지상철, 지하철이 거미줄처럼 이어진다.

나는 이케부쿠로에 살았고 학교는 다마치였다.

두 역은 야마노테선에서 딱 절반에 위치한다. 등굣길에 이케부쿠로에
서 신주쿠 방면으로. 하굣길에 다마치에서 우에노 방면으로 타면 야마
노테선 한 바퀴를 돈다. 역의 수효는 다르지만 시간은 거의 같이 걸린다.

나는 야마노테선의 전 역의 이름을 지금도 외운다.

이케부쿠로―메지로―다카다노바바―신오쿠보―신주쿠―하라주
쿠―시부야―에비스―메구로―고단다―오사키―시나가와―다마치,
등굣길이다.

다마치―하마마쓰조―신바시―유라쿠조―도쿄―간다―아키하바
라―오카치마치―우에노―우구이스다니―니포리―니시니포리―다바
타―고마고메―스가모―오츠카―이케부쿠로, 하굣길이다.

가장 외워지지 않았던 이름이 우구이스다니鶯谷였다. 앵무새 골짜기
라는 뜻의 이 아름다운 이름은 왜 그다지 입에 잘 붙지 않았을까.

2

나라 잘 만나서 편안히 사는군……

도쿄의 전철에서 마주치는 노인을 보며 들었던 생각이다. 체구가 작

고 허리마저 약간 구부러진 할머니를 만났을 때는 더 그랬다. 그 세대의 일본인은 평균적으로 크지 않다. 할머니는 바람 불면 훅 날아갈 것 같다.

그런데 왜 편해 보였을까.

저축이 많은지, 연금을 충분히 받는지, 전철에 무임승차하는지, 그런 사정은 나는 잘 모른다. 부자 나라이니 다들 잘살아서 그러려니 했던 것도 아니다.

편해 보였던 것은 전철이 주는 안정감 때문이었다. 버스를 타도 마찬가지였다. 안전하게 타고 내리는 시스템이 거의 완벽하게 되어 있다. 차량이 함부로 흔들리지도 않는다. 요즈음 우리나라도 시내버스의 경우 정류장에 정차한 다음 자리에서 일어나라고 손님에게 권하는 회사가 있기는 하다. 그러나 권유만 그럴 뿐 조금이라도 늑장부리다가 기사에게 한마디 들을 것 같다. 기사가 안 하면 다른 승객의 눈치가 그렇다. 그 무렵 서울은 짐을 싣고 그렇게 운전했다간 절단 날 것 같은 난폭한 운전이 예사였다. 도쿄에서 나의 경험은 이런 것으로부터의 이질감이었다. 노인은 편해 보였다.

노인이 편안한 곳은 노인만 편한 것이 아니다. 노인이 편할 정도라면 다른 누구도 편하다. 사회의 시스템 전체가 그렇게 편하게 만들어져 있으니 편하다.

다마치 역(위)과 미쓰이스미토모은행 미타 지점. 지점의 저 창문에 히로스에 료코의 사진이 붙어 있었다.

3

다마치 역에서 내린다. 신발이 닳도록 들락거렸던 역이다. 학교까지
는 10분 이상 걸어가야 한다.

중간쯤에 미쓰이스미토모三井住友은행 미타 三田 지점이 있다.

나는 저 은행의 통장을 가지고 있다. 그때는 사쿠라은행이었는데, 버
블경제 붕괴 이후 은행이 재편되면서 이름이 바뀌었다. 학교에서 가깝
기도 했지만, 계좌를 개설해야 해서 어슬렁거리며 은행을 찾아다니다
가, 두말 않고 저곳으로 들어갔었다. 사쿠라은행 모델이 히로스에 료코
廣末凉子였기 때문이다.

그해, 그러니까 1999년 봄, 히로스에가 출연한 영화 〈철도원〉이 개봉
되었다. 이 영화로 단연 톱스타의 반열에 올랐다.

몇 해 뒤인가, 히로스에는 지독한 스캔들에 휘말렸다. 호텔에서 외박
을 하고 나오다 파파라치에게 걸린 것이다. 뜻밖에 소설가 요시모토 바
나나吉本バナナ가 편을 들어주었다. 요시모토는 히로스에의 중학교 담임
선생의 글을 인용하였다.

> 료코를 차별한 것은 괘씸합니다. 스무 살이나 되었는데 외박 좀 하면 안
> 되는 것입니까. 료코는 천진난만함 그대로 비방중상이 소용돌이치는 연예
> 계에 뛰어들어 고생하고 있습니다. 쓰라린 일이 있으면 함께 노래한 오ー
> 샹젤리제를 흥얼거리라 힘을 주고 싶습니다.

이 글 끝에 요시모토는 아주 간명하게 자신의 견해를 밝힌다.

어쩜, 시원스럽고 힘 있고 심플하고 게다가 교사다운 훌륭한 코멘트네요.

상대를 헤아리는 문장 하나, 참 멋지다. 은행 지점의 큰 창에 걸린 히로스에의 브로마이드 사진을 보고 홀린 듯이 끌려들어간 나 또한 같은 생각이다.

4

게이오대학 남관은 교문과 거의 맞대어 세워져 있는데, 건물 중앙에 통로를 내 교정과 이어진다. 1960년대에 지은 남관은 오늘 보니 헐리고 새 건물이 들어서 있다. 강화된 내진 기준에 따라 다시 지었다는 것이다.
이 건물에서 지도교수 이구치井口 선생의 강의를 들었었는데 서운했다.
교정은 마치 중정中庭 같다.
흔히 '미타 언덕'이라 부르는 곳의 이 캠퍼스가 게이오대학의 본부이거니와, 본관과 강의동, 연구동 그리고 도서관 등이 교정을 둘러싸고 있다.
내용도 어려웠지만 목소리도 작아 잘 알아듣지 못했던 이구치 선생의 강의였다. 나를 배려해 조교에게 언제든 도와주라는 지시를 내리긴 했지만 처음에는 그 친구 말도 못 알아들었다. 어느 날, 강의실에 들어갔더니 학생이 아무도 없었다. 다음주, 조교에게 물었다. 조교는 갸웃했다.

게이오대학 정문(위)과 중정으로 올라가는 계단(아래).

도쿄의 밤은 빨리 찾아오다

180

게이오대학 본관 앞의 정원.

학술 답사 간다고 저 지난주에 말했는데……

휴강인 줄도 모르고 강의실에 들어갔던 것이다.

내가 가장 사랑했던 곳은 본관 앞의 작은 정원이었다. 중앙 교정에서 건물 하나를 지나 안으로 들어가면 나온다. 태평양전쟁에 끌려 나갔다 죽은 이 학교 학생들을 기억하는 두 개의 조형물이 있다.

먼저 책 모양의 조각에 새긴 글.

돌아오지 못한 벗이여, 그대의 뜻은 우리의 가슴에서 피어나고, 그대의 발자국 소리는 우리의 교실에 울려퍼진다.

이 대학 출신의 조각가가 만든 남자 전신상 아래 새긴 글.

언덕 위의 평화로운 날에, 싸우러 나갔다 돌아오지 못한 사람들을 생각한다.

시적인 분위기마저 풍기는 이 두 글은 실로 전쟁이라는 가장 비인간적인 폭력에 대한 증오이다.

5

기숙사는 후문으로 나가 좁은 동네 골목길을 걸어가야 한다. 1년 반을 살았던 곳이다. 중간에는 한 가구가 좋이 70여 평은 될 맨션 아파트가 서 있다.

추운 기숙사에서 혼자 지내기가 쉽지 않았다. 도쿄는 서울보다 기온이 높고 영하로 내려가는 일도 없지만, 우리처럼 온돌이 되어 있지 않아서, 전기난로와 온풍기를 아무리 돌려도 서늘한 느낌을 몰아낼 수 없다. 더욱이 혼자라는 것이 추위에 가세한다.

첫해 겨울, 식구들이 왔다. 집사람과 큰아이 그리고 막 돌이 된 둘째아이.

백일도 지나지 않은 둘째를 두고 나는 떠나와 있었다. 아이는 낯선 사람처럼 나를 본다. 독신자용 숙소여서 비좁지만, 집사람은 작은아이를 데리고 침대에서, 나는 큰아이를 데리고 바닥에 이불을 깔고 잠을 잤다. 그래도 좋았다.

식구들과 함께 있어서 뿜어지는 이 경이로운 온기.

사람의 입김. 굳게 쳐놓은 커튼을 여니, 창문에는 입김이 하얗게 서려 있었다. 6개월 만에 뭉친 식구의 힘이었다.

나보다 앞서 1년간 이 숙소를 썼던 사람이 말했었다.

여기서 학교까지 걸어서 5분, 그렇지만 아침에는 10분을 잡고 출발하시도록. 가는 길에 건널목이 나오는 삼거리에서, 신호가 두 번쯤 바뀌기를 기다려준다면, 자상한 주인으로부터 듬뿍 물 머금은, 낮은 꽃 높은 꽃들이 깨어나는 신호등 옆 꽃집이 눈에 들어온다네.

하나모라는 이름의 꽃집이었다.

사실 나는 그럴 여유가 없었다. 시간이 아니라 마음의 여유 말이다. 그러나 건널목에 설 때마다 그이의 말이 귀에 울렸다. 신호등 옆 꽃집, 그래, 저들이 나에게 무슨 말을 거는가는 다만 나의 상상, 꽃은 주인의 손길을 따라 거기 자리잡았을 뿐, 하루치 양식까지야 되겠느냐만, 꽃송이마다 그리운 이의 얼굴을 달아주고, 더러 미운 마음까지도 붙여두고, 그래서 신호가 두 번 바뀌는 5분간만 서 있자고 마음먹었었다.

오늘 보니 꽃집은 없어지고 말았다.

6

신주쿠에서 두 지인을 만나 점심을 먹었다. 『만요슈』 공부의 스승 도이 기요타미土井淸民 선생과 한국 민속학을 전공한 이토 요시히데伊藤好英 선생이다.

도이 선생은 뒤에 다시 소개할 것이다. 이토 선생은 게이오대학 출신이고, 대학원에서 일본의 고대 예능藝能을 전공했다. 거기서 연결되어 한국의 예능을 연구 수제로 고려대에서 박사학위를 받았다.

이토 선생은 게이오 고등학교에서 교편을 잡고 있었다.

게이오대학은 유치원부터 대학원까지 갖춘 교육기관이다. 일본은 사립학교에 일관 교육이라는 특이한 제도를 가지고 있는데, 유치원에 들어간 학생은 본인이 희망하는 한 그 재단의 대학까지 무시험으로 진학할 수 있다.

이렇게 게이오대학을 졸업한 사람들을 '게이오 보이'라고 부른다. 대체적으로 유복한 집안의 자녀다. 수상을 지낸 고이즈미 준이치로씨도 이 경우이다.

최종 기준은 고등학교 졸업 여부이다.

게이오대학 같은 명문 대학은 그래서 계열 고등학교 입시가 치열하다. 게이오 중학교를 졸업하지 않아도 고등학교를 졸업하면 게이오대학에 입학할 수 있기 때문이다. 중학교는 하나이지만 고등학교는 셋이다. 그래서 고등학교 출신만의 게이오 보이가 가능하다.

그러나 '성골 게이오 보이'는 유치원부터 다닌 학생이고, 그들은 유치원 입학부터 치열한 시험을 치른다.

大 小 大 小 大 小

大 大 小 大 小 大

이것은 무엇을 나타내느냐?

어느 해인가 게이오 유치원의 입학 시험 문제 가운데 하나이다. 정답은 달력. 곧 1년 열두 달의 크고 작음이다.

유치원부터 각급 학교의 원장과 교장은 게이오대학 교수가 맡는다. 이른바 일관 교육이란 그 학원의 건학 이념을 일관되게 교육한다는 의미가 포함되어 있다. 그 일관성을 유지한다는 면에서 교수를 교장 자리에 앉히는 것이다.

반면 각급 학교의 교사는 모두 교수와 같은 신분이다. 6년을 근무하고 1년을 쉬는 안식년은 모든 교사에게 적용된다.

이토 선생이 고려대에 와서 박사학위를 할 수 있었던 것은 이 제도 덕분이었다.

그래도 1년으로는 부족하지 않은가. 이토 선생은 교장에게 1년 무급 휴직을 청원했다. 2년이면 과정을 수료할 수 있기 때문이었다. 청원서를 검토한 교장은 그의 학업열을 인정하여 이를 허락하여주었다. 그것도 유급으로—

사실 이토 선생은 게이오 보이는 아니다. 게이오 보이를 가르치는 게이오대학 출신의 교사일 뿐이다. 다만 돈 많은 게이오 보이 덕분에 이런 혜택을 누렸는지 모른다.

7

오늘의 마지막 행선지는 가나가와神奈川현의 이쿠다生田이다. 2007년에 1년 동안 살았던 메이지대학 기숙사가 있는 곳이다.

신주쿠에서 오다큐선小田急線을 탄다. 오다큐는 신주쿠 역에 백화점을 가지고 있고 거기가 기점인 사철私鐵이다. 일본의 사철은 대개 이런

식이다. 세이부선西武線은 신주쿠와 이케부쿠로池袋를 기점으로 하면서 역시 역사에 백화점이 있다. 세이부는 거기다 더해 세이부 라이온스라는 프로야구 팀을 가졌다. 사람들은 전철 타고 와 백화점에서 쇼핑하고 돌아가며 야구장에 들른다.

오다큐는 오다하라小田原 급행의 약자이다. 오다하라 종점에는 저 유명한 하코네箱根 온천이 있다. 하코네 온천을 가자면 이 전철을 타는데, '로망스-카'라 불리는 특급 열차는 이전 도쿄의 서민이 결혼하고 신혼여행 가면서나 탄다는 고급 객차를 달고 달린다.

이쿠다는 작은 동네이다. 오다큐선의 완행만이 선다. 한 정거장 전인 유엔마에遊園前까지 급행으로 와서 갈아탄다. 그 역에서 어느 날 퇴근길에 이런 시를 쓴 적이 있다.

플랫폼의 나무 의자에 벌써 밤이슬이 자리를 차지했다.

나도 흰머리 나고 경로석 하나쯤 차지할 만한데

저들이 차지한 자리에 엉덩이를 걸쳐 비집고 들어가기가 민망하다.

하얗기로야 서로 마찬가지

잠시 왔다 떠나기로야 서로 마찬가지

그런데도 이 밤이 마치도록 자리를 지키는 건 저들임을 안다.

멀리서 뚜벅뚜벅 전차 걸어오는 소리가 들린다.

　　　　　　　　　　　　　　　　　　　　—「차지」에서

8

이쿠다에는 메이지대학의 이공학부 캠퍼스가 있다. 기숙사를 이곳에 둔 것은 이 때문이다. 도쿄 시내의 캠퍼스에는 문학부와 법학부 그리고 상학부를 두었다. 1시간쯤 걸리는 거리이다.

거의 10년 만에 여기 와본다.

역사와 거기서 걸어 기숙사에 이르는 길거리 5분 정도, 모두 그때와 하나도 달라진 것이 없다. 일요일이면 장을 보던 마트도 그대로이다.

오후 5시쯤, 사방은 벌써 어두워졌다. 서울과 도쿄의 일출 시간은 1시간 정도 차이가 난다. 서울이 도쿄 표준시를 쓰기 때문이다. 그만큼 저녁도 빨리 찾아온다.

실제 생활해보면 이 차이는 꽤 크다. 출퇴근 시간 등, 모든 생활시生活時가 우리는 일본과 같다. 9시 출근을 예로 든다면, 특히 여름철 도쿄의 그 시간은 해가 뜨고도 한참 지나서이다. 일본에서 '아침형 인간'이라는 말이 나오고, 출근 전 뭔가 자기개발을 위한 일을 한다는 발상은 이로 인해 생겼다. 우리에게도 아침형 인간이 한때 외쳐졌지만, 이것은 한마디로 고역이 아닐 수 없다.

반대로 겨울 저녁은 정말 빨리 찾아온다. 이쿠다에 도착한 오후 5시, 서울로 치면 6시 정도의 어두움, 아니 그 이상이다. 서울은 해가 인천 앞바다로 지지만, 도쿄는 산으로 지는 까닭이다.

메이지대학 기숙사. 2층 왼쪽에서 두번째 방이 숙소였다.

9

역과 기숙사 사이, 오다큐선이 지나가는 건널목 옆에 작은 이자카야가 있다.

스다치—

레몬 비슷한 열매이다. 생선구이건 회이건 그 위에 뿌려먹으면 아주 상큼하다. 주인의 요리 솜씨가 일품이어서, 퇴근길 참새 방앗간처럼 들렀던 곳이다.

샤쪼, 오히샤시부리데스.

사장님 오랜만입니다…. 문을 열고 들어가며 인사한다. 알아나볼까? 가게는 하나도 변하지 않았다. 10여 년 만이니 30대 중반이었던 그도 나이들어 보였지만 인상은 그대로이다. 한참 말똥말똥 쳐다보더니,

……아, 고상!

한다. 알아본 것이다.

그사이에도 1년에 한두 차례씩 도쿄에 왔지만, 그때마다 여기까지 들러가기는 시간이 허락하지 않았었다. 이번에는 정말 마음먹고 왔다. 하나도 변하지 않았다고, 금방 알아보았노라고 예의 설레빌은 여전하다.

나는 특히 주인이 만든 스시를 먹고 싶었다. 사실 스시는 정식 메뉴에

는 없다. 손이 너무 많이 가서 하지 않는다고 했다.

그러던 어느 날이었다.

내 옆 자리에 주인만한 나이의 손님이 앉았는데 일부러 내게 인사를 시켰다. 메이지대학 출신이고 지금 ANA에서 일한다고 했다. 주인은 내가 메이지대학 객원교수로 와 있다는 사실을 알고 그런 것이다.

미야모토라고 했다.

오키나와 출신입니다. 도쿄까지 와서 출세했지요.

유쾌한 주인의 설명이 이어졌다. 정작 미야모토 본인은 조용하고 차분한 사람이었다. 주인은 그날 특별 서비스라며 스시를 만들어주었다.

미야모토는 혼자 살기 때문에 저녁은 여기서 늘 해결한다고 했다. 덕분에 미야모토를 만나는 날은 스시를 얻어먹었는데, 그렇다고 일부러 연락해서 만나는 사이도 아니고, 서로 퇴근 시간이 달라 자주 있는 일은 아니었다. 우연히 만나 이런저런 이야기를 나누는 것으로 족했다.

그런데도 내가 귀국하기 전날, 신주쿠로 불러내 400년 된 덴푸라 집에서 저녁을 샀다. 송별회였다.

― 미야모토 상 잘 지내지요?

―결혼했어요. 살기는 이 근처인데 요즈음은 잘 안 와요. 집에서 저녁을 먹겠지요.

이쿠다의 밤거리. 나의 맛앗간인 스다치가 있다.

도쿄의 밤은 빨리 찾아온다

주인의 뽀로퉁한 표정이 나는 즐거웠다.

늦은 시간까지 앉아 있었지만 미야모토는 오지 않았다. 스시도 못 먹었다. 주인은 어제 낚시 가서 잡아온 것이라며 아지 회를 떠주었다. 스시 못지않았다.

저 작은 데까지 규칙이

2001년 10월

1

게이오대학은 도쿄 중심부에 자리잡고 있다. 도쿄 타워가 빤히 바라보이는 곳이다. 그래서 주변 도로도 늘 복잡하다.

어느 날 아침 그 길을 걸어 학교로 가는데, 무슨 공사를 하는지 길 한 모퉁이가 소란스러웠다. 가까이서 보니 가스 공사였다. 그러나 소란스러운 데 비해 규모는 그다지 커 보이지 않았다. 공사 자체보다 교통정리를 하는 경찰관의 호루라기 소리, 게다가 공사장 옆에 대기하고 선 소방차에서 울리는 경보음이 소란의 원인이었다.

원활한 교통 흐름을 위해 경찰이 나선 것은 이해가 되었다. 그런데 소방차까지?

사실 그것이 원칙이고 규칙이다.

가스 공사를 하다가 만에 하나 폭발 사고라도 일어난다면? 그래서 가

멀리 도쿄타워가 보이는 게이오대학 입구의 건널목.

스 공사장에는 반드시 소방차가 출동하여 대기하는 것이 원칙이고, 그 날 아침 나는 그런 원칙에 따라 만든 규칙을 철저히 지키는 모습 하나를 목격했을 뿐이다.

여러 해 전, 서울의 아현동에서 도시가스가 폭발하던 날, 거기 가까운 곳에 있었던 나에게만 특별히 보였을 뿐이다.

2

도쿄돔은 5만 5천 명을 수용하는 대규모 실내 경기장이다. 그곳은 일본인에게 가장 사랑을 받는 야구팀 요미우리 자이언츠의 홈구장으로 시즌 내내 만원을 기록하는데, 일본인에게 야구 관람 이외의 효과를 가져다주는 장소다. 북이며 딱딱이를 두드리며 경기 내내 목이 터져라 응원을 하는 것은 응원을 넘어 스트레스 해소다. 그러다보니 사실 야구장 안은 시끄럽기 그지없다.

지난 시즌 하루는 '도쿄돔의 타격음을 듣는 날'이라는 희한한 이벤트가 예고되었다.

경기 내내 응원 소리에 묻혀 타자가 날리는 타구의 경쾌한 소리를 듣지 못하는데, 사실 그 소리를 듣는 것이 차원 높은 야구 관람이 아니냐는 것이며, 하루라도 응원을 중지하고 이를 즐기자고 하였다.

그렇게 되겠나?

더욱이 일본의 프로 야구장 안에서는 생맥주를 판다(지금은 우리도 그렇다). 술 한잔 얼근히 걸치고, 자기가 좋아하는 팀을 향해 고래고래 소리 지르며 스트레스 해소하자고 야구장을 찾는 사람이 대부분이고, 그것은 어느덧 일본 야구장의 전통이 되어 있는데, 설마 캠페인 하나로 하루의 즐거움을 고스란히 반납할까.

문제의 그날, 경기가 끝나가도록 고함 소리는 들리지 않았다.

타자가 때리는 타격음만이, 도쿄돔의 천장에 공명을 일으키며 상쾌히 울려퍼졌다. 텔레비전으로 경기를 보다가 나는 돌아버릴 지경이었다.

3

저 작은 데까지 규칙이 있고, 없던 규칙도 생기면 지킨다. 나는 그런 사회가 부럽고 무서웠다.

규칙이라니 생각나는 또 한 가지.

도쿄에서는 자전거를 많이 탄다. 메이지대학 객원교수 시절에는 특히 그랬다. 숙소가 치바현이었는데, 가까운 전철역까지 자전거를 타고 다녔다. 거기에는 자전거 주차장이 있다. 월정액으로 티켓을 끊는데, 학교에서는 월급 외에 이 비용도 지급하였다. 그런데 여기에 규칙이 있었다. 집에서 전철역까지 반경 몇 킬로미터 이상이 되어야 한다.

직원은 지도를 가지고 나왔다.

내가 사는 집과 전철역까지 거리를 쟀다. 약간 모자랐다. 직원은 웃으면서 규칙상 주차비를 지급할 수 없다 했다. 나도 웃으며 돌아섰다.

작년(2000년) 시드니 올림픽이 열릴 때, 도쿄의 지하철 객차 안에 걸린 공익광고 하나가 눈에 띄었다. 일본인에게도 인기가 높은 비치발리볼은 이 올림픽부터 정식 경기로 채택되었다. 일본 대표선수의 경기 장면을 찍어놓고, 그 밑에 이렇게 써놓고 있었다.

해변에서 즐기던 놀이가 올림픽의 정식 경기가 되었다. 그것은 룰이 생기면서 가능해졌다.

◊◊◊◊◊

나오미라는 근대

다니자키 준이치로의 『치인痴人의 사랑』

1

일본 문단에서는 미시마 유키오三島由紀夫야말로 다니자키 준이치로谷
崎潤一郎를 가장 잘 이해했던 사람 가운데 하나라고 말한다.

이런 평가를 어떻게 받아들여야 할까.

한 사람은 군국주의자나 다름없고, 다른 한 사람은 여성탐미주의자처
럼 알고 있는데 말이다. 결코 극과 극이 통한다는 식으로 간단히 해치울
문제가 아니다.

일본이 태평양전쟁에서 진 다음의 한 풍경을 미시마는 이렇게 말했다.

일본 남자가 백인 남자에게 졌다고 생각하며 맥이 풀려 있을 때에, 이 사
람은 혼자 일본 남자가 거대한 유방과 거대한 엉덩이를 가진 백인 여자에
게 졌다고 즐거워하는 관능적 구도로 패전을 바라보았다.

'이 사람'이란 물론 다니자키를 이른다. 독설과 위트가 섞인 미시마의 독특한 언어구사가 여기서도 드러나지만, 그가 하는 말 속에는 결국 다니자키가 평생 추구한 작품 성향과, 시대에 구애받지 않았던 일생이 일목요연하다.

탐미적 악마주의로 요약되는 다니자키의 문학 세계는 전쟁이 그 생애의 중간에 끼었지만 '수정할 필요 없는 사상'이었다는 것이다.

2

그런 그의 작품 가운데 대표작이 바로 『치인의 사랑』이다.

'치인'이라는 말이 지닌 뉘앙스를 여간해서 우리말로 번역하기가 쉽지 않다. '바보 같은 사람'이라는 말이 가장 가까울 것 같은데, '바보 같은 사람의 사랑'이 결코 바보스러운 일이 아니었다고 말하는 데에 소설의 묘미가 숨어 있다.

주인공은 조지讓治라는 사내, 20대 후반의 회사원이다.

시골 출신으로 도쿄에서 고등공업학교를 졸업, 괜찮은 월급을 받는 기사로 일하고 있다. 회사에서 그의 별명은 군자, 그만큼 성실하고 똑바른 청년이다. 어느 날, 그가 자주 들르는 카페 다이아몬드에서 급사 보조로 일하는 나오미奈緒美를 만난다. 열다섯 살의 소녀, 가난한 집안 출신으로 일찌감치 직업을 갖지 않으면 안 되는 형편이다.

다니자키의 처제이자 배우인 하야마 미치코_{葉山三千子}. 나오미의 모델로 알려져
있다.

그녀의 몸매에 드러난 특장으로, 몸통이 짧고 다리 쪽이 길어서, 조금 떨어져 바라보면 실제보다는 크게 생각됩니다. 그리고 그 짧은 몸통은 S자처럼 무척 깊이 패어 있어서, 잘록한 맨 아래에 정말 여자다운 둥그런 엉덩이의 융기가 드러났습니다.

조지가 바라본 나오미의 모습이다. 이렇듯 서양식의 외모를 지닌 소녀를 보자마자 조지는 엉뚱한 희망을 키운다.

이 아이를 잘 키워서 나중에 요조숙녀로 성장하면 결혼하리라.

결혼이라는 전제를 숨긴 채, 친구처럼 지내자면서 조지는 나오미에게 자신의 뜻을 밝히는데, 나오미는 선뜻 허락한다. 군식구 하나 덜어내는 셈치는 나오미의 집에서도 찬성이다. 오모리人森라는 동네에 집을 얻어 드디어 둘은 동거 생활에 들어간다.

3

오모리 역은 도쿄에서 요코하마로 가는 전철 게이힌도호쿠선京濱東北線의 중간쯤에 있다. 본디 메이지 9년(1876)에 역이 들어섰지만, 다이쇼 4년(1915)이 되어서야 도쿄와 요코하마 간 선자가 본격적으로 다니게 되고, 그때부터 주택지로 번성하였다. 소설의 시기는 바로 이 어름으로 보는 것이 좋겠다.

조지는 역 앞 언덕배기 너머 허름한 양옥집 한 채를 얻는다.

그러나 두 사람의 동거 생활은 처음부터 조지의 예상에서 빗나간다. 나오미는 조지가 생각한 것처럼 요조숙녀로 자라줄 성격을 지니고 있지 않았다. 아니 정반대였다. 무책임하고 제멋대로다.

월 평균 400엔의 월급을 받는데, 보통 같으면 두 사람이 사는 데 충분하지만, 생활비는 250엔 이상 어떤 때는 300엔 이상이 듭니다. 그 가운데 집세가 35엔, 가스비 전기세 연료비 세탁비 등을 빼고 남는 200엔에서 230엔은 모조리 외식비에 쓰이고 맙니다.

생활이란 없는, 가난하게 살다 넉넉한 아저씨를 만난 덕분에 호사스러워진 나오미는 오직 거기에 도취하고 만다.

조지는 아직 어린 여자이기에 그러려니 하면서 '훈육訓育'을 계속한다. 영어를 배우게 하고 교양을 쌓게 한다. 하지만 도무지 진전이 없다. 따분하기만 한 아저씨의 잔소리에 진저리를 치기도 하는데, 그러다 나오미가 찾아낸 것이 사교댄스다.

4

도쿄 역과 오모리 역 중간쯤이 다마치 역이다. 여기서 약간 오르막길

오모리 역앞.

도쿄의 밤은 빨리 찾아온다

204

오모리 역 앞에 벽에 붙은 부조. 소설 속의 댄스파티가 소재이다.

을 걷다보면 미타라는 동네, 거기에 게이오대학이 나온다.

창립 170년이 넘은 일본에서 가장 오래된 대학인데, 후쿠자와 유기치福澤裕吉가 세운 이 학교의 분위기는 처음부터 다분히 서양적이었다. 나오미가 출입하는 댄스 교습소가 이 대학 근처의 히지리자카에 있다고 소설 속에는 묘사되었다. 그리고 나오미는 거기서 한 무리의 게이오대학 학생을 만난다. 이들이 나오미의 자유분방한 연애 상대들이다.

여기서 다니자키가 교습소의 위치와 등장인물을 게이오대학과 연결시킨 것은 꽤나 의도적이다.

사실 두 주인공의 이름이며, 나오미의 외모를 묘사하는 데서도 드러났듯이, 다니자키는 소설의 전부를 서양적인 것의 묘사에 바치고 있다 해도 과언이 아니다. 조지나 나오미는 일본식 표기가 가능하지만 서양식 이름으로도 들린다.

그런 의도의 참된 뜻이 어디에 있는가를 두고 논란은 계속된다.

다이쇼 풍속의 '하이칼라' 한 면을 대표하는 기념비라고도 할 만한 이 소설에서, 적어도 그 '하이칼라' 한 세상을 묘사한 부분이 오늘날 골계적일 정도로 낡고 색 바랜 인상을 주는 것은, 주인공의 천박한 '서양 숭배'의 감정을 작가가 그대로 긍정하고 있기 때문이라고 생각됩니다.

—나카무라 미츠오, 「다니자키 준이치로론」

『치인의 사랑』이 아주 효과적으로 극화하고 있는, 서양화에 대해 조소하는 자와 조소당하는 자라는 구조적인 연쇄 속에 나카무라는 자신도 모르는 사이에 휩쓸린 셈이다.

　　　　　　　　　　　　　　　　　—스즈키 도미, 『이야기된 자기』

혹평과 반론 사이에 메울 수 없는 간극이 엄존한다.

5

이중 삼중 나오미의 연애 활극은 뜻밖에 그 가운데 한 명의 고백 때문에 조지에게 알려진다. 모든 것이 끝장일 것 같은 이 장면은 그러나 이제 시작에 불과하다.

집을 나가버린 나오미를 '가련한 조지'는 끝내 잊지 못하고 기다린다. 결국 나오미를 다시 받아들인 조지가 내뱉는 말이 일품이다.

내가 졌다기보다는 내 속에 있는 수성獸性이 그녀에게 정복되었습니다.

그리고 던지는 또 한마디.

그 순간 나는 실로 나오미의 얼굴을 아름답다고 느꼈습니다. 여자의 얼굴은 남자의 미움이 깊으면 깊을수록 아름다워진다는 것을 알았습니다.

혀가 내둘려지는 이 장면에서 우리는 조지가 곧 다니자키라는 생각에 이를 것이다.

다니자키가 이 소설을 쓴 것은 관동대지진이 일어나 본디 도쿄 출신인 그가 거처를 교토로 옮긴 다음해, 곧 1924년의 일이었다. 이미 문명을 날린 그였지만 대중에게 확실하게 알려진 계기가 된 이 작품은 지금 읽어도 흥미진진하다. 다니자키의 소설가로서의 역량이 유감없이 발휘되었다.

반전을 거듭하는 소설의 백미는 조지의 어머니가 죽는 장면에 이르러 극대화된다.

스스로 생각하기에도 '사악邪惡의 화신化身'인 나오미로부터 헤어나지 못할 때, 조지에게 어머니가 죽었다는 소식이 들려온다.

이 커다란 슬픔이 뭔가 나를 영롱하게 정화시켜주고, 마음과 몸에 퇴적되어 있는 불결한 분자를 깨끗이 씻어내준 것은 말할 필요도 없습니다. 이슬픔이 없었다면 나는 혹 아직 지금도 저 더러운 음부淫婦와의 일이 잊히지 않고, 실연의 아픔에 헤매고 있었겠지요.

그래서 조지는 나오미에게 완전히 벗어났는가?

천만의 말씀이다. 그는 그가 결국 돌아갈 곳이 나오미밖에 없음을 최종적으로 선언한다.

나의 가슴에는 다만 오늘밤 나오미의 모습이 어떤 아름다운 음악을 들은 다음처럼 황홀하다고 할 쾌감이 되어 꼬리를 늘어뜨리고 있을 뿐이었습니다. 그 음악은 무척 높은, 무척 맑은, 이 세상 밖의 성스러운 경지에서 울려오는 듯한 소프라노의 노래였습니다.

6

다니자키의 이 소설이 '주인공의 천박한 서양 숭배의 감정'에 불과한지, 아니면 '서양화에 대해 조소하는 자와 조소당하는 자라는 구조적인 연쇄'로 몰아갔는지, 어쩌면 그것은 보는 이의 관점에 지나지 않을는지 모른다. 그와는 별도로, 위의 마지막 구절처럼, 아름다움에 대한 근대적 의미를 까발리듯 그려낸 그에게서 우리는 단순 명쾌한 작풍作風을 느낄 따름이다.

도쿄 바로 아래 지바현의 노지마자키野島崎라는 곳에 가면 일본 최초의 서양식 등대가 서 있다.

등대는 태평양을 바라보고 있다.

이 등대의 역사와 함께 태평양을 건너 일본으로 들어온 서양이다. 그것을 어떻게 받아들일 것인가가 근대 일본 100년의 고민이었다.

다니자키는 '거대한 유방과 거대한 엉덩이를 가진 백인 여자' 정도로 보았던 모양이다.

일본 최초의 근대식 등대가 서 있는 노지마자키.

에노시마에서 바라본 가마쿠라.

〜〜〜

미타부인회 三田婦人會
2001년 5월

1

도쿄 생활 2년이 다 되어간다. 연구실에 들어가니 '유학생을 위한 미
타부인회 가마쿠라鎌倉 다도茶道 체험'이라는 안내문이 와 있다.

미타부인회라는 이름이 낯익다.

그렇다. 지난해 가을, 이 모임이 주최한 자선 바자회가 생각났다.

미타부인회는 게이오대학 출신 여성 동문의 모임이다. 강의동 1층의
교실 두 개를 빌려 생활에 필요한 여러 물건을 내놓았다. 지방에서 온 학
생이나 유학생을 대상으로, 아주 싼값에 물건을 사가도록 했다.

값은 싸지만 물건은 좋아 보였다. 게이오대학 출신이라면 웬만큼 사
는 사람들이다. 아니 웬만큼 아니다. 상상을 넘는 부자가 많다. 그들이
쓰던 물건이라면 실은 보장된다.

히타치日立에서 만든 1인용 까만 전기밥솥이 눈에 띄었다.

그때까지 나는 기숙사에 비치된 코펠로 밥을 지어 먹고 있었다. 학교에서 늦게 돌아와 꼭 1인분만큼 짓고 바닥에 누룽지를 남겼다. 다음날 아침, 물만 부어 끓이면 너끈한 한끼가 되었다.

밥이 익기를 기다리는 동안 마시던 캔맥주 맛은 일품이었다.

그런데 자꾸 일상이 바빠진다. 저녁까지 밖에서 먹고 들어오는 날이 잦아졌다. 아무래도 밥솥이 필요했다.

너무 낡은 건데, 괜찮겠어요?

물건을 팔던 부인회의 회원 한 사람이 걱정스러운 듯 말하였다. 아니, 이런 물건을 사가는 마흔 줄의 사내가 애처러워 보였을까…… 선한 눈매를 가진 50대 초반의 아주머니였다. 나는 대답 없이 웃기만 하며 500엔을 내고 밥솥을 집어들었다.

2

국방대학원의 김교수 부부, 조선일보의 이 부장 부부, 파리에서 온 여성 교수와 일행이 되었다. 미타부인회에서는 회원 세 사람이 우리를 안내했다.

장소는 가마쿠라의 고덕원高德院—

나는 이곳을 이미 두어 차례 다녀왔다. 가마쿠라를 대표하는, 나아가 일본을 대표하는 대불大佛을 보기 위해서이다. 막부幕府의 출발을 알리는 가마쿠라 시대는 우리의 13세기 역사와 연결된다. 대불에는 그 시대의 고뇌가 각인되어 있다.

몽골 앞에 무릎 꿇은 고려, 다음 차례는 일본이었다.

바다 건너 대륙의 소식을 접하며 막부는 좌불안석이었다. 세계를 지배하는 대제국 몽골이 마지막 정복지로 잡은 것이 일본이었기 때문이다. 고려와 몽골 연합군이 두 차례나 침공을 감행했지만 실패로 돌아간 것은 주지의 사실이나, 마침 불어준 바람—저들이 가미카제라 부르는— 덕분이었지, 풍전등화風前燈火의 위기 앞에서 하릴없이 불력佛力에 의존하기로는 팔만대장경을 새긴 고려나 마찬가지였다. 대불의 조성 경위가 확실하지 않다고 말하지만, 이런 시대의 고뇌에 찬 산물이었을 것으로 나는 보고 있다.

높이 11.31미터의 대불의 정식 이름은 동조銅造 아미타여래좌상阿弥陀如來坐像. 일본의 국보이다.

미타부인회 회원 세 분은 아주 기민하게 우리를 고덕원까지 안내한다. 가마쿠라 역에서 택시로 나눠 태우고, 다도 체험에 참여시키고, 점심 도시락을 나눠주고, 주지와 함께 기념사진을 찍기까지 일사불란하다. 어떻게 저리 훈련이 잘되어 있을까.

고덕원에서 우리는 특급 대우를 받았다. 참가자가 꽤 많았는데 우리는 언제나 앞자리였고 충분한 시간을 주었다. 분명 미타부인회 덕분이었다.

214

고덕원의 아미타여래좌상.

3

미타부인회 활동은 안 하지만 그럴 자격을 가진 사람이 간다 요리코神田より子 선생이다. 게이오대학 출신으로 니가타에서 교수 생활을 한다.

그를 만난 것은 이미 여러 해 전, 게이오대학과 연세대학의 공동 연구 프로젝트에 참여하면서이다. 한국에서 김인회, 김수남, 황루시, 최상일 선생으로 구성된 이 모임의 일본 쪽 참가자 가운데 한 사람이다. 본디 독문학을 공부하다가 대학원에서 지역학으로 바꾸었다.

쾌활하고 호탕한 이 사람이 참 좋다. 전공 필드 지역은 도호쿠東北이다. 미야코시宮古市는 도호쿠 지방의 해변 마을이다. 태평양이 바로 펼쳐져 있었다. 조그마한 항구를 벗어나면, '정토淨土의 해변'이라는 해상 국립공원이 기다렸다. 1996년 여름, 간다 선생이 안내해준 답사 때의 이야기이다.

버스가 시에 들어섰을 때 날은 이미 어두워오고 있었다.

센다이仙台에서 모리오카盛岡까지 신칸센으로, 그리고 역 앞에서 시가 보내준 버스로 갈아탔었다. 교육위원회 로고가 새겨진 마이크로버스는 여러 시간 흔들려 바다가 보이기까지 오래오래 고개를 넘었다.

밤의 마츠리—

구로모리黑森 신사에서 벌어지는 이 행사를 취재하러 우리는 간다 선생의 안내로 찾아갔던 것이다.

전국노래자랑 같은 마을 잔치—

회관에서는 탈을 쓴 어린아이가 어른에게 배운 춤을 추고, 따끈한 술이 돌고, 낯선 이의 잔을 부딪혀주고, 안부를 묻다가 박수 치고…… 신을 즐겁게 해야 사람의 땅이 평안하다고 믿는, 고향 떠나 멀리 나간 사람까지 돌아와, 해변을 거느린 정토에서 불어오는 바람을 맞았다. 아름다운 미야코의 밤이었다.

답사를 마치고 아오모리青森로 이동할 때는 배를 탔다. 태평양의 동쪽 가장자리였다.

가마쿠라에서 다도 체험을 마치고 학교로 돌아오니, 게이오대 언어문화연구소에서는 구로모리 신사의 마쓰리에 대한 발표회가 열리고 있다.

발표하는 간다 선생의 쾌활한 목소리가 정겹다.

추기追記
어떤 인연인지, 이 작은 해변 마을은 오래도록 마음에 담겼다. 지난 2011년, 진도 9로 격발된 태평양 바닷물이 아수라처럼 마을을 덮쳤다. 새삼 희생자의 명복을 빈다.(2017. 1.)

도쿄외국어대 조선어과
2001년 10월

1

'조선어과朝鮮語科'라는 명칭이 이제 익숙해졌다. 국립인 도쿄외국어대는 학과 이름을 그렇게 표기하고 있었다. 아니 아직도 웬 조선? 그러다 익숙할 만큼 이곳 생활이 흘렀다.

게이오대학 외국어학당에서도 '조선어'라고 표기한다. 작년 1학기부터 나는 중급반을 가르치고 있다. 문학부文學部의 '조선어문헌강독'은 지난 학기부터 시작하였다. '조선'이란 말이 무척 거슬렸는데, 사정을 듣고 보니 그럴 법도 했다.

태평양전쟁에서 지고 일제가 망한 다음, 재일 한국인은 엄청난 혼란을 겪었다. 고국이 남북으로 갈린 것이다. 둘 가운데 하나를 선택해야 했다. 나라가 갈리자 본국만 갈린 것이 아니었다.

당초 남과 북 어느 쪽도 선택의 여지가 없었다. 일본과 국교가 맺어지지 않았기 때문이다. 일본은 재일 한국인을 '조선'이라는 임시 국적을 부여해 관리하였다.

한국과 국교가 정상화되면서 문제가 복잡해졌다.

남쪽을 택한 재일 교포는 자연스레 '한국'이라는 국적을 가진 외국인이 되었다. 이른바 민단民團 소속이다. 그러나 북쪽을 택한 재일 교포는 여전히 무국적자였다. '조선'이라는 임시 국적 그대로다. 이른바 조총련 소속이다.

문제는 조총련의 회원이 훨씬 많다는 것이었다. 경제력으로 봐도 월등했다.

고민은 일본 정부의 몫이었다. 민단은 한국으로 조총련은 조선으로 각기 자기 나라 이름을 쓰는데, 외교 관계를 생각하면 한국과 민단이 우선이지만, 세력으로 보아서는 조총련을 무시할 수 없다. 한국과 조선 가운데 어느 한쪽을 택하지 못하는 딜레마.

그래서 요즈음 많이 쓰는 말이 '코리아'이다. ROKorea와 DPRKorea에서 공통된 단어이니 속 편하다.

이것은 공식적인 자리에서 그렇고, 일본인 일반은 어느 쪽인가 하면 '조선'을 더 선호한다. 저들이 식민 통치하던 시절의 명칭이 그리운 것이라고, 나는 그렇게 생각하고 만다.

2

지난해 『GO』로 나오키상直木賞을 수상한 가네시로 가즈키金城 一紀는 재일 교포 3세다. 한국인으로 처음 나오키상을 수상했다 해서 국내에서도 화제인 모양이다. 그러나 게이오대학에서 더 난리였다. 가네시로가 이 대학의 법학부 출신이기 때문이다.

『GO』의 초반부에 이런 장면이 나온다.

자수성가한 아버지는 조총련 소속이다. 웬만큼 먹고살 만하게 될 무렵, 텔레비전에 나오는 하와이 관광 광고를 보던 아버지는 자기도 그곳에 가보고 싶었다. 1980년대 초반이었다. 일본인 사이에 해외 관광 붐이 일고, 가장 인기 있는 곳은 하와이였다. 아버지도 그런 시류에 몸이 근질거렸다. 그러나 여행 신청을 할 수 없었다. '조선' 적籍의 그에게는 여권이 나오지 않았다.

하릴없이 광고만 보며 하와이를 그리워하던 아버지는 결심한다. 조총련을 탈퇴하고 민단에 가입하기로.

탈퇴의 이유가 그것만은 물론 아니다. 그러나 이 장면이 상징하는 바는 크다. 특히 서울 올림픽 이후 대세는 한국이었다. 조총련의 무리한 운영 때문에 조직의 와해는 심각해지고 있다. 조총련 자신의 문제라기보다 조선(북한)의 무리한 요구가 부채질한 것이었다.

윤대석, 최현식 부부와 함께 간 고덕원 소풍.

3

도쿄외대 조선어과 학부와 대학원에는 서울대와 연세대 국문학과 학생이 와 있다. 교환학생 프로그램이 있어서다. 기숙사는 학교에서 자전거로 통학할 만한 거리이다. 학기마다 7~8명 이상의 학부와 대학원생이 거주하는데, 미혼의 총각 처녀도 있지만 부부가 함께 와 있기도 하였다.

연세대에서 온 최현식씨는 부부 동반이고 서울대에서 온 윤대석씨는 총각이다.

아무래도 살림하는 아내가 있는 집이 먹을 게 풍부했다. 우리는 최현식씨 집을 무던히도 털어 먹는다. 그런 와중에 윤대석씨는 목하 학부에 유학 온 한국 여학생과 열애중이란다. 유학하고 장가도 가고, 좋은 일이다.

목요일 오후면 나는 사에구사 도시카쓰 三枝壽勝 선생의 대학원 수업을 청강하러 간다. 이 수업 참 특이하다. 수강 신청생보다 청강생이 더 많다. 나 같은 진짜 청강생도 있지만, 수료한 학생들이 꾸준히 수업에 들어온다. 강의만 아니라 그들의 발표와 토론을 듣는 재미가 여간 쏠쏠하지 않다.

형, 가마쿠라 소풍이라도 갔다 옵시다.

지난주, 개강을 앞두고 최현식씨가 말했다. 봄에 갔다 온 가마쿠라 이야기를 했더니 그런 것이다.

가자, 소풍!

이렇게라도 그의 기숙사에서 얻어먹은 밥값 해야겠다.

~~~~~
사에구사 도시카쓰 선생

1

우리는 늘 선생의 과거가 궁금했고, 선생은 우리의 미래가 걱정이었던 것 같다.

출가자에게 도반道伴의 속세 경력을 묻지 않는 불문율이 있다지만, 분명코 우리에게는 출가자의 그것만한 금도襟度가 부족했던 탓일까, 교토대학 물리학과 박사과정을 그만두고 한국문학을 전공한 그의 저변이 못내 우리의 입방아를 떠나지 않았다.

그럴 때마다 선생은 한국문학과 그 한국문학을 이끌어갈 젊은 우리들의 앞날이 밝지만은 않은 듯한 표정을 짓곤 했다.

우리가 정리한 그의 한국문학으로의 전향(?) 사유는 대강 다음과 같은 것이었다.

1970년대 초반, 꽤나 힘 있게 현실을 타개하고 미래적 전망을 보여줄 것 같은 한국과 그 문학의 분위기, 68사태 이후 일본은 그럴 가능성을 아예 매장했다고 생각하였기에 더욱 그래서 매력을 느꼈다.

그런데 왜 하필 문학인가. 한국과 관련된 연애? 그리고 그 끝엔 아무래도 실패가 자리잡아야 말이 되는데, 물리학에서 문학으로의 그것도 한국문학으로의 선회에 그것만한 이유를 빼고 달리 찾을 구실이 거의 없으리라 우리는 확신하기까지 했다.

그러나 누구도 선생의 입에서, 왜 한국문학을 하였는가, 선명한 답변을 들어본 이가 없다.

강의나 연구회가 끝나고 으레 가지던 뒤풀이 자리에서, 얼마나 드셨는지 깜박 잠이 들면 내려야 할 역에서 1시간 반 이상을 더 달려가는 전철의 종점까지 몇 차례 가기까지 하셨다지만, 그런 취중에도 단 한마디 단서가 될 만한 말씀을 남기지 않은 당신이다.

있었다면 딱 한 가지다.

30대 초반의 어느 날, 내가 하지 못하는 게 무엇인가 돌아보니 한국어였고, 모르는 게 무엇인가 생각하니 한국문학이었단다. 그래서 시작했다고.

도쿄외국어대학에서 한국문학을 강의하던 사에구사 도시카쓰 선생 이야기이다.

2

나는 1999년 가을에 도쿄로 갔다. 신분은 게이오대학 방문연구원. 그러기에 도쿄외대에 재직중인 선생과는 약간의 거리가 있었다. 그런데도 내가 선생을 꼭 찾아뵙기로 마음먹은 데는 까닭이 있었다.

1980년대 중반쯤이던가, 도쿄외대 조선어과와 연세대 국문과 사이의 학생 교류가 이루어진 다음, 1년에 한두 차례 장도壯途에 오르거나 귀국한 선배들을 위한 술자리가 벌어지곤 했었다. 1년 6개월간 체류하는 나름대로 장도였다. 그런 술자리에서 곧잘 선생이 화제에 오르곤 했었는데, 그것은 대개가 '흉악한' 풍문의 수준이었다. 괴팍한 선생 한 사람이 있거니와, 매우 전투적이며 한국이나 한국문학을 우습게 보는 듯하다고, 그러면서 왜 한국문학을 전공했으며, 그즈음 성행하던 리얼리즘 문학에 대해서도 매우 부정적인데, 아무래도 어딘가 꼬인 사람인 것 같다고.

해가 거듭되어도 그런 소문은 끊임없이 현해탄을 건너왔다. 나는 '웬 특이한 선생 한 분'이러니 여기고 말았었다.

그러는 동안 한 가지 달라진 것이 있다면, 그가 무시 못할 실력의 소유자이며, 공부하는 게 '진짜 프로'라는 사실을 어느새 유학생들 스스로의 입으로 실토하기 시작했다는 것이다. 도대체 어떤 분이란 말인가, 나는 그가 보고 싶어졌다.

그 가을의 스가모巣鴨를 나는 선명히 기억한다. 아니 정확하게는 스가모 전철역에서 도쿄외대로 가자면 거치는 시립묘지와 어느 한 풍경을 잊지 못한다.

도쿄외대 가는 길의 시립묘지.

　도쿄에 도착한 다음 주인가, 드디어 한 달에 한 번 열린다는 조선문학
연구회의 발표회가 있는 날, 가까운 후배의 인도로 도쿄외대를 찾았다.
가벼운 설렘 같은 느낌이 들었다. 오랫동안 풍문으로 들어오던 일의 사
실 확인이 눈앞에 다가왔기 때문이다.

　아직도 대낮에는 등줄기에 땀이 맺히는 9월 둘째 주 토요일 막 정오가
지난 시간, 도쿄 시내에서 가장 크다는 시립묘지를 관통해 가자니, 한가
운데 선 아름드리 은행나무의 잎들이 점점 노랗게 물들어가고 있었다.
아랫동에는 푸름이 남은 한편, 깊고 그윽한 노란색이 정상부터 조금씩
내려오는 중이었던 것이다. 정보와 사실의 사이에는 언제나 간극이 있
기 마련이지만, 실세 내하는 사에구사 선생과 그 연구회의 풍경은 낯선
땅의 불안한 내 미래가 처음으로 위안을 받는 어떤 착지점처럼 느껴졌

다. 여기 발 디뎌도 좋을 것 같다는 안도감 말이다.

그날, 나는 선생의 허락을 받아 청강생 자격으로 선생의 대학원 수업에 들어갈 자격을 얻었다. 그래서 목요일마다 시립묘지의 나무를 지나가며, 어느덧 문득 가을은 깊어가고, 아주 완전히 노랗게 물든 빛나는 황금빛을 가슴 가득 찍곤 했다. 그것은 나에게 풍문의 세월을 거두고 다가온 선생의 원풍경原風景이다.

나는 수령樹齡이 좋이 백 년은 넘었을 나무 한 그루를 보았고, 가을 햇살에 익을 대로 익는 나뭇잎을 보았고, 그리고 한 사람을 보았다.

3

그 무렵 선생은 또다른 풍문에 시달렸던가 한다. 이제 막 환갑을 넘어설 무렵이었다. 선생이 어느새 마음씨 좋은 할아버지가 되어버렸다고, 수업 시간마다 학생의 눈물을 쏙 빼놓을 만큼 호통과 열정으로 가르치던 모습이 사라졌다고, 예전에는 괴팍했던 게 싫었지만(아니 어떤 학생은 도리어 그것을 즐겼는지 모르지만) 이젠 아쉽다고.

이제 막 선생을 만난 나 같은 사람에게 그런 말을 전해주는 이들의 속마음이 어떤 것인지 모르는 바 아니었다.

다만 나는 그 가을부터 3년 가까이 선생을 모시면서, 그러는 동안 선생이 수업을 소홀히 했다든지 토론을 심드렁하게 했다면 모르되, 맞는 것을 맞다 할 때든 틀린 것을 틀리다 할 때든 그것이 하나도 정곡正鵠에서 벗어나지 않는 순간을 맞이할 때마다, 나는 선생이 더욱 예리해지고 더욱 깊어져 있음을 확인하면서 기쁠 따름이었다.

내가 재미있게 읽는 선생의 글 가운데 「한국문학, 읽지 않아도 되는 까닭」이 있는데, 거기 이런 대목이 나온다.

언젠가 어떤 사람이 논문 원고를 읽어달라고 해서 도와주었는데, 어떤 선생님 회갑 기념 논문집에 실린다는 거였거든. 난 제자도 아니고 여러 가지 사정이 있어서 안 썼지만, 그 사람이 자기 논문을 투고하는 마당에서 이런 질문을 하는 거야. 그 논문집을 내시는 선생님이 무슨 전공을 하셨냐고. 그 분야에서 전문가가 일본에 몇십 명 있다면 별문제지만 오직 한두 명밖에 없는 분야인데 전공이 무엇인지도 몰랐단 말이야? 그러면서도 자기 이름은 약삭빠르게 거기에 실으려고 했던 거야. 그후에 그런 사정을 안 그 선생님이 노하시지도 않고, 젊을 때는 그럴 수도 있겠지요 하셨지만, 그리 유쾌한 일은 아니었지.

기필코 여기서 '나'와 '그 선생님'은 다른 사람이다. 그러나 언제부터인가 나는 이 두 사람이 같은 사람이라 단정하고 있다. 같은 사람이어서가 아니라 어느덧 같은 사람이 되어 있다는 것이다. 깐깐하게, 그래서 경우에 맞지 않는 짓에 유쾌해하지 않는 '나'는 선생의 젊은 시절이지만, '그 선생님'의 노하지 않는 넓은 품을 보여주기는 이제 선생의 모습이 아닌가 한다.

4

나에게 선생의 학문 세계를 조망할 능력은 없다. 청강생으로 끼어들어 수업 시간마다 선생의 말씀 한마디 한마디 놓치지 않으려 애썼지만, 그때 들은 이야기를 다 옮기자면 지면은 형편없이 모자라고, 요령껏 정리할 깜냥은 나에게 터무니없다. 다만 이광수李光洙가 지닌 친일의 본질을 해명한 논문이나, 김소운金巢雲과 한국문학과 그의 행적을 정리한 논문 등은 지금도 즐겨 읽으면서 배운다. 무엇이 연구이고 어떻게 논문이 이루어져야 하는가 나는 거기서 본다.

김윤식 선생은 이런 말을 남겼다.

한국 근대문학을 전공하는 외국인 학자 중 사에구사 교수만큼 입장이 분명한 학자를 아직도 나는 알지 못한다.

김선생이 말하는 '입장'에 대해서 부연 설명이 필요하지만 여기서는 생략하기로 한다.

실은 3년 동안 선생의 수업을 한 번도 빠지지 않고 청강한 데는 염불보다 젯밥에 마음이 가 있어서이기도 하였다. 그 젯밥 이야기를 끝으로 서둘러 마무리하고 싶어서다.

선생의 수업은 수업대로 명성을 누렸지만, 수업이 끝난 다음 꼭 가지는 뒤풀이가 못지않게 유명했다. 더러 뒤풀이 시간이 열기나 참석률에서 수업의 그것을 능가하는 것이어서, 학생들 가운데는 그 여파가 다음

날 다른 수업 시간에까지 미치기도 하였는데, 그 수업의 선생이 원인을 알고 나서는 시간을 바꾸고 싶다 말할 정도였다. 그렇게 만든 원흉 가운데 한 사람으로 물론 나도 낀다.

어느 날의 그 뒤풀이 자리에서였을까, 선생은 옆자리에서 어떤 분과 한참 열 올려 이야기를 나누다가 우리 자리로 돌아왔는데, 마치 싸움에서 이기고 온 장군처럼 의기양양했다.

우리 대학 수학 전공 선생인데 미적분 문제 하나를 풀지 못하고 있어서 가르쳐주고 왔어요.

어련하실까, 교토대학 물리학과 출신이……

그런 생각을 하면서도 그 순간 수학을 말하는 선생의 얼굴에서 마치 헤어진 첫사랑을 만나고 온 듯한 표정을 나는 퍼뜩 읽었다. 아련한 추억이리라 싶었다. 그 첫사랑과 헤어져 한국문학과 만나 평생을 살고 있는 선생에게는 어떤 감정이 오롯이 들어차 있을까?

그날따라 술잔이 몇 순배 돈 다음 왜 한국문학을 전공하셨냐고 또 여쭈었던 것인데, 오늘의 한국문학이 그리고 그 연구자가 갈수록 어려운 상황으로 가는 듯하다고, 선생은 여전히 젊은 제자들을 걱정했었던 것 같다.

∞∞∞

도이 기요타미 선생

1

내가 가장 나중까지 기억할 이는 도이 기요타미土井淸民 선생이다.

선생은 요코하마시립대학을 거쳐 와세다대 대학원에서 학위를 받았다. 요코하마의 쓰루미鶴見대학에서 학생을 가르치다 정년퇴임하였다.

선생의 전공은 상대가요이다.

일본의 옛 노래를 모은 『만요슈萬葉集』에 사키모리우타防人歌라는 일군의 노래가 있다. 선생은 이 노래를 집중적으로 연구하였다.

신라가 백제의 사비성을 함락할 무렵, 백제 왕실과 밀접한 관계를 맺고 있던 야마토大和 정부는 원군을 보냈다. 그러나 실기失機, 백제 왕실과 그 주변 사람을 배에 태워 돌아오고 말았다. 문제는 그 다음이었다. 야마토 정부는 백제를 도와준 자신을 신라가 가만두지 않을 것이라고 생각했다. 신라의 공격을 막자고 지금의 시모노세키 같은 곳에 성을 쌓고 군인을 투입하였다.

여기에 동원된 군인은 대개 지금의 도쿄 지역에서 징발된 자원이었다. 집과 고향을 떠나 변방에서 수戍자리를 서게 된 그들이 부른 절절한 노래가 사키모리우타이다.

처지가 비슷해서였을까, 나는 왠지 그 노래가 마음에 와닿았다.

나는 일주일에 한 번 선생의 연구실을 찾았다. 학생이 두 명뿐인 단출한 대학원 수업이었다.

2

모임의 명칭은 일한고대연구회日韓古代研究會였다. 도이 선생이 메이지대학의 히나타 카즈마사日向　雅 선생과 함께 만든 공부 모임이다.

출국 전 어느 선배로부터 이 모임의 존재를 알았고, 도쿄에 도착해 연락할 방법까지 전해 받았다. 한 달에 한 번 모이는 모임에서는 『삼국유사』 강독이 열리고 있었다. 모두들 나를 반갑게 맞아주었다. 그때 선생을 처음 만났다.

　　　―고 상, 내가 서울에 있는 지인으로부터 들었는데, 자기 대학에 『삼국유

　　　　사』 전공자가 있다는 거예요. 혹시 아세요?

　　　―어느 학교의 누구신데요?

　　　―명지대학의 사이토 마사코라고……

나는 잠시 생각했다. 명지대는 도쿄에 오기 전 내가 근무했던 학교이
고, 물론 같은 단과대학 안에 있었으므로 일문과의 사이토 선생도 잘 알
았다. 사이토 선생이 말한 '같은 학교의 『삼국유사』 전공자'라면 나밖에
없다.

— 그 사람이 바로 저인 것 같습니다.
— 에헤!

선생은 무척 놀라워했다. 첫 만남은 그렇게 극적이었다. 그 뒤로 가끔
혹 누구에게 나를 소개할라치면, 선생은 언제나 이 일을 꺼냈다.
어쨌거나 이 연구회는 일본에서 내가 한 공부의 절반을 차지하였다.

3

2004년 6월 27일이었다. 한국외대에 방문교수로 와 있던 선생을 모시
고 아주 한적한 시골 절을 찾았다. 공주에서 부여를 거치는 백제 여행길
이었다.
전북 고창군 미소사—
요사채의 처마에 새끼 네 마리를 낳은 제비 부부가 분주했다. 마루에
앉아 차를 마시며 밤늦도록 이야기를 나누던 밤의 풍경을 나는 이런 시
로 묘사한 적이 있다.

일한고대연구회의 경주 답사. 왼쪽에서 두번째가 도이 기요타미 선생.

밤이었다

일본의 옛 노래를 공부한 선생이

나지막이 불렀다

서기 6세기 귀족의 노래

―그대가 떠난 궁정에

그대의 옷자락 휘날리던 바람만 남았네

제비 부부는

새끼들에게 둥지를 내준 채 처마밑 전깃줄에 앉아 자는데

머리는 둥지를 향하고 있었다

궁정을 떠나듯
둥지를 버리리라

전깃줄만 남을 것이다

—「제비」전문

　나중 이종암 시인이 어느 신문에 이 시를 소개하고 해설을 붙이기로, "부재不在 혹은 떠남을 처음부터 껴안고 있는 우리네 삶의 비의悲儀를 서늘한 그늘의 빛으로 웅숭깊게 그려내고 있다. 일상의 구체적 경험인 '새끼에게 둥지를 내준 제비 부부'를 만난 일과 '그대 떠난 궁정에/그대의 옷자락 휘날리던 바람만 남았네'라는 6세기 일본의 고대가요라는 서로 다른 두 이야기를 하나의 내용으로 엮어내는 솜씨가 일품이다"라고 하였거니와, 과찬이지만 부재와 떠남은 숙명 아닌가.
　"이 노래를 부르는 시인도 언젠가 헤아릴 수 없는 부재의 깊은 그물 속으로 사라질 터"라는 그의 마지막 말이 서늘하다.

4

　이 시에서 '6세기 귀족'의 노래라고 소개한 것은 『만요슈』제1권의 51번인가 한다. 그날 밤, 나는 선생으로부터 '그대가 떠난 궁정에/그대의 옷자락 휘날리던 바람만 남았네'라고 들었지만, 찾아보니 조금 달랐다. 내가 잘못 들었던 것이다.

> 궁녀의 소매를 날리던 아스카의 바람
> 서울은 멀건만
> 덧없이 불어가네.

야마토 정부가 아스카로 도읍을 옮긴 것은 592년의 일이었다. 스이고推古 천왕 시대이다. 그후, 죠메이舒明 천왕 시대가 되면, 천왕의 처소는 거의 아스카에 자리잡고, 이후 100년간을 아스카 시대라고 부르게 된다.

이 시대야말로 진짜 일본 고대가요의 출발점이었다. 시인은 서울을 떠나 홀로인데, 궁녀의 소맷자락을 날리던 바람만이 지금 내 곁에 있을 뿐이다. 그러므로 나는 처음에 이 노래를 부르는 주체를 잘못 알았던 것이다. 궁정에서 맞는 바람이 아니라, 멀리 떠나와 맞는 바람에 그 궁정의 바람을 떠올리는 것이다. 바람에 날리는 어여쁜 궁녀의 소맷자락은 한없이 그리울 뿐이다.

우에노 마코토上野誠씨의 해설에 이런 대목이 있었다.

아스카를 찾는 사람은 그 협소함에 놀라지는 않을까. 아니, 찾아보고 놀라기 바란다. 서쪽은 아마카시甘樫 언덕, 동쪽은 아스카 언덕으로 둘러싸인 장소이다. 그것은 이 지역이 어떤 의미로 '요새'라는 사실을 나타내고 있다. 곧 출입구를 한정하고, 외적의 침입을 막는 도읍인 것이다.

—『만요수첩萬葉手帳』에서

출입국를 좁히고 외적을 막아야 하는 도읍에서, 그들이 막아야 할 외적은 누구인가? 바로 신라였다.

신라와의 긴장 관계 때문에 아스카는 외적의 침입을 상정想定한 도읍이었다. 그 아스카로부터 인접한 후지하라藤原로 도읍이 옮겨진 것은 694년의 일이었다.

5

이런 노래를 한 수 배우고 나오는 날은 뿌듯했다. 4,600여 수를 다 배우자면 한도 끝도 없지만 말이다.

수업을 끝내고 선생과 나는 같은 전철을 타고 도쿄로 돌아왔다.

쓰루미에서 케이힌도후쿠선 급행을 이용해 시나가와까지 30분이면 왔다. 선생은 거기서 신주쿠로 가고 나는 반대 방향 다마치로 가는 야마노테선을 갈아탄다. 전철을 타기 전에 늘 들르던 쓰루미 역전의 중국집은 맛있었다. 선생은 교자 안주에 맥주를 즐겨 들었다. 그것으로 나는 하루 저녁을 잘 때웠다.

귀가하기 위해 신주쿠에서 다시 마루노우치선 지하철을 갈아타야 하는 선생에게 기실 쓰루미에서 집으로 바로 가는 전철이 있었음을, 나는 한참 뒤에야 알았다.

• 6 •

2016년 2월 2일 화요일
—
살아서 신사 죽어서 절
—
마지막 사무라이 사이고 다카모리
—
지구가 둥글다는 것을 아는 어린이들
—
맙소사
—
청경우독晴耕雨讀

∽∽∽∽

2016년 2월 2일 화요일

1

도쿄 체재 6일째이다. 오늘은 이케부쿠로池袋로 먼저 간다. 신주쿠의 호텔을 나와 야마노테선을 탔다.

신오쿠보新大久保 역을 지날 때 의인으로 이름이 알려진 이수현씨가 생각났다.

유학을 준비중인 젊은 청년이었다. 신오쿠보의 일본어 학원을 다니고 있었을 것이다. 퇴근길, 이 역의 플랫폼에서 술 취한 남자 하나가 철길로 떨어지는 것을 발견하였다. 지체 없이 달려내려가 이 사람을 끌어올렸는데, 정작 자신은 마침 플랫폼으로 들어오던 전차를 피하지 못했다. 현장에서 목숨을 잃었다.

신문과 방송을 통해 그의 선행이 널리 알려졌다. 의인의 죽음을 기리는 동판이 역사 안에 붙여졌고, 이 일을 소재로 한 영화도 만들어졌다.

잠시 고개 숙여 묵념한다. 자신을 희생해도 괜찮다는 생각, 순간적으로 그렇게 결심하는 사람도 있다.

다음 역은 다카다노바바高田馬場, 문이 열리자 익숙한 멜로디가 들려온다. 〈우주 소년 아톰〉의 주제가이다. 실은 야마노테선의 28개 역에는 각기 주제곡이 있다. 도착한 전차가 문이 열리는 순간에 맞추어 흘러나온다. 다카다노바바 역에서 〈우주 소년 아톰〉의 주제가가 나오는 것은 이 만화영화를 만든 회사가 역 앞에 있었기 때문이다. 아톰의 고향인 셈이다.

각기 역의 주제곡은 내릴 역을 알려주는 신호 역할도 한다. 모두 한 작곡가에게 의뢰하여 만들었다. 작곡가는 27개 역에 자신의 창작곡을 채우면서 이곳에만 기존 곡을 썼다. 그 경쾌한 멜로디가 문득 아스라한 어린시절로 돌아가게 한다.

2

와세다대학으로 가자면 다카다노바바 역에서 내린다.

일본을 대표하는 사립 명문 대학이다. 울도 담도 없는 캠퍼스는 민간의 집과 어울려 옹기종기 모였다. 그 모습이 참 다정스럽다.

와세다에는 한국문학을 전공하는 오무라 마쓰오大村益夫 선생이 계셨다.

진형직인 일본인이면서 한국을 이해하는 품격 있는 신사였다. 부인은 제주 출신의 한국인이다. 그의 윤동주 연구는 정평이 나 있는데, 1985년

용정에서 풀밭에 묻힌 윤동주 묘를 다시 찾은 것도 그였다.

오무라 선생 때문에 일본에서 1년을 더 있을 뻔했다. 일본 체재 4년째 들어가던 해, 선생은 내게 와세다의 한국어 강좌를 맡기려고 하였다. 시간표까지 다 짰지만, 선친이 위독하다는 소식에 나는 귀국하지 않을 수 없었다. 그와의 인연이 거기서 끝나 못내 아쉽다.

어느 해, 김윤식 선생이 와세다에 와서 강연을 했다. 도쿄외대의 사에구사 도시카쓰 선생도 발표하는 자리였다. 이광수를 둘러싼 깊은 논의의 현장을 나는 지금도 잊을 수 없다.

3

이케부쿠로 2초메ㄱ비 골목길에서 나는 몇 바퀴나 그냥 돌았다. 겨울 아침의 햇살이 맑고 따스했다. 2년간 자취했던 옛집을 찾아 나선 길이었다. 14년의 세월이 나의 기억력을 흩트려놓고 있었다.

후배의 소개로 얻어 든 자취방의 집주인은 노부부였다. 오래된 일본식 이층집의 아래층에 그들은 살고 있었다. 내 방은 2층의 모퉁이였다.

새로운 천년이 시작된다고 들떠 있던 때의 이야기이다.

윤동주가 잠시 다녔다는 릿교대학이 근처에 있었다. 일요일이면 나는 담쟁이덩굴이 둘러쳐진 이 대학의 본관 주변을 산책하는 재미를 즐기곤 했다. 내 방 또한 윤동주처럼 여섯 첩 다다미였다. 유난히 비가 자주 내린 그해 봄 내내 습기는 온몸을 덮었지만, 창밖에 밤비가 속살거린다고

쓴 그의 구절에 실감하고, 막차로 돌아오는 사람들 때문에 골목길은 수
런거리는데, 나는 그들의 물 묻은 발자국 소리를 들으며 쓴 몇 편의 시와
함께 잠들곤 했다.

동주가 그때로부터 59년 전 「사랑스런 추억」을 쓴 5월 13일도, 「쉽게
씌어진 시」를 쓴 6월 3일도 그해는 일요일이었다.

나는 담쟁이덩굴이 우거져 올라간 릿교의 채플 앞에서, 일찍이 시인
으로서의 운명에 내 몸을 맡기게 했던 그의 흰 그림자와 놀았다. 식민지
의 아들이 아닌 나는 그나마 행복하다고, 그런데도 쓸쓸하지 말라는 법
은 없는 것 같다고, 나는 그림자에게 말해주었다.

4

보던 책을 덮고

오랫동안 엎드려 비 오는 소리를 듣습니다

육첩六疊 다다미방 창밖으로는 그날 1942년 6월 3일 밤에도

비가 내렸겠지요, 그 방의 한 사나이가

속살거린다고 비 내리는 밤에 홀로 쓴 시를

또 한 사나이는 갑자l l f가 돌아 또 비 오는 밤에

무심코 중얼거려봅니다, 그랬었겠군요

여선 비는 속살거리지만

여전 육첩 다다미방은 춥고 설렁대지만

턱을 괴어보기도 하고
누워서 천장을 바라보기도 하고
도대체 알 수 없는 것은
한 사나이가 남의 나라에서 시를 썼다는 일
또 한 사나이가 남의 나라에 와서 시를 쓰는 일
오랫동안 엎드려 비 오는 소리를 들어도
눈감고 밤하늘을 걸어 보아도

─「매우梅雨」 전문

사실 이 시를 썼던 것은 서원씨가 녹취하여 『디새집』제2호(2001)에 실은 「섬진강 가에서 종이 뜨는 김씨」라는 글을 읽고 나서였다. 이 잡지는 이지누씨가 주간으로 간행하였는데 지금은 없어졌다. 거기에 이런 대목이 있었다.

항상 살아봐도 돌래 살제. 이해 좀 괜찮을까 그르믄, 이해도 그냥 넘어가고, 저해 괜찮을까 그러믄, 그해도 그냥 그러고. 긍게 사람이 길을 걷다보믄 앞산도 나오고, 비탈길도 나오고, 가시밭길도 나오고, 좋은 길도 나오고, 팽지도 나오고, 내리막길도 나오고, 사람이 항상 돌래 산 거요.

나는 '돌래 살제'가 '돌아가면서 산다'고 보았었다. 앞산, 평지, 내리막, 비탈길 같은 길을 돌아가며 산다는 것이다. 삶이 어찌 똑바른 길만 있겠는가. 오히려 돌아가는 길이 더 많지 않은가. 그런데 평론가 황광수

선생이 '돌래'가 '돌라' 곧 전라도 사투리로 '훔쳐'라는 뜻이 아닌가 싶다고 하였다. 세월이 나를 훔쳐간다, 그러니까 속아 산다는 뜻이라고.

그럴듯했다. 평지인 것 같은데 비탈이고, 좋은 길인 것 같은데 가시밭길이고…… 선연히 그 뜻이 다가왔다.

5

그런데 그보다 더 좋았던 것은, 가끔 마주치는 노부부의 서글서글한 인상과, 무엇보다 할아버지의 유머였다.

내 아내와 아이들이 온 적 있었는데, 한쪽 눈을 꿈벅거리며 말했다.

걱정 말아요. 고선생에게 찾아오는 여자가 없도록 잘 감시할게요.

여자가 왔다는 건지, 오지 않았다는 건지……

방학 때 서울에 갈라치면 이케부쿠로 도부東武 백화점에서 사온 생과자 세트를 쥐어주며, "서울의 내 손녀들에게 갖다주세요"라고 말한다. 손녀들이란 다름아닌 내 두 딸을 가리킨다.

웃음 끝에 내 눈가를 적시는 눈물—

목재 회사를 다니다 은퇴하고, 자기집 2층을 개조해 학생을 받아 자취를 치고 살아가는 그의 유머는, 그러나 실로 그만의 독점물이 아니었다. 대체로 일본인이 구사하는 유머의 평균 수준이었다고나 할까.

244

일본인이 본디 유머에 뛰어나지는 않았던 듯하다.

근대화운동의 선구자 후쿠자와 유기치는, 일본 사람들이야말로 서양인의 유머를 배워야 근대인이 될 수 있다고까지 말했다. 서양을 배우는 것이 곧 근대화라고 생각한 그에게, 서양인이 가진 장점 가운데 가장 먼저 눈에 띄기로는 바로 유머였다. 무슨 말을 해도 무뚝뚝하기만 한 일본인이, 서양 사정을 두루 접하고 돌아온 그의 눈으로 보아 촌스럽기 그지없었던가보다.

그렇게 치면, 무뚝뚝하기로야 우리가 더하지만.

6

자췻집 찾기를 포기하고 발길을 오차노미즈お茶の水 쪽으로 옮겼다. 양주兩主는 살아 있다면 아흔을 넘긴 나이이다. 장수하는 나라의 노인이기에 불가능하지 않지만, 집이라고 추정할 자리는 새집을 짓는지 기초 공사가 한창이었다. 아무래도 집을 내놓고 떠난 듯했다.

2001년 11월 어느 날, 늦게 돌아오니 내 방문에 쪽지가 꽂혀 있었다.

고선생, 내일 보졸레누보 주문해놨다오. 저녁에 좀 일찍 와서 햇와인 파티합시다.

하아, 멋쟁이 할아버지 할머니.

도쿄 이케부쿠로의 도쿄예술극장 앞 광장.

에어프랑스로 공수해온 보졸레누보는 오후 5시쯤 택배로 도착해 있었다. 말로만 듣던 햇와인 파티를 나는 두 노인 덕에 누리게 된 것이다. 마루에 들어서니 두 분 외에 젊은 아가씨가 한 사람 있었다.

내 조카예요. 도쿄대 법학부 학생이라오.

하아, 놀라운 할아버지 할머니.

도쿄대에 그것도 법학부 재학생이라니, 게다가 용자容姿마저 예쁘고 고운 여학생이었다. '도다이세東大生'라면 일본인도 놀라움을 금하지 못한다. 할아버지의 애써 감추려는 자긍심이 얼굴에 드러난다.

그랬던 집을 찾아들지 못하고 돌아서는 발걸음이 무거웠다. 지하철 마루노우치선丸の内線을 타고 오차노미즈에 내릴 것이다.

〰〰〰

살아서 신사 죽어서 절
2001년 12월

1

자식도 없이 노년을 단 두 분이 지내고 있는 일본인의 집에서 나는 자취를 하고 있다. 노년의 외로움 때문일까, 두 분은 나를 마치 친자식처럼 대해준다. 타국에 혼자 떨어져 살고 있는 나로서도 부모님 같은 분들과 아침저녁 얼굴을 마주치며 지내는 것이 큰 위안이다.

그런데 두 분은 평소 절에도 가고 신사에도 간다.

절에 가는 것은 불교 신자이기 때문이지만, 절기가 되면 신사에 가서 빌기도 하고 여러 가지 놀이를 구경하기도 한단다. 현관에는 절에서 만들어온 것과 신사에서 사온 부적 같은 것이 나란히 걸려 있다. 사실 이런 모습은 일본에서 일상화되어 있다고 보아 무방하다.

일본의 프로 야구단들은 시즌이 시작하기 전 자기네 근거지의 신사에 가서 참배부터 한다. 그뿐만 아니다. 성적이 좋지 않은 팀은 신사에서 가

도쿄 고도쿠지東德寺.

져온 소금을 덕 아웃 옆에 갖다두는 모습도 본 적이 있다. 어떤 선수는 아예 배트에 그 소금을 한번 묻혔다가 털어내고 나가기도 하였다.

신사는 일본인들에게 토속종교의 공회당이지만, 그것이 오늘날 같은 모습으로 자리잡기는 메이지 유신 이후이다. 전국의 신사를 조직화하여 신도神道라는 이름으로 국가 종교화했고, 나머지 민간 종교를 모두 정리했다. 상당한 숫자에 이르던 신흥 종교들이 이 때문에 거의 없어졌고, 거우 몇몇이 숱한 탄압 속에서도 살아남아 있지만, 지금 그 세력은 미미한 편이다.

그러나 불교만은 어쩔 수가 없어서 없애지는 못하고 묘한 타협이 이루어졌다. 곧, 사람들이 살아서 지내는 모든 절기 행사는 신사에서, 죽어서 치르는 행사는 절에서 한다는 것이다. 인간이 평생에 치르는 행사를 관혼상제冠婚喪祭로 요약한다면, 일본인의 경우, 관혼은 신사에서 상제는 절에서 치르고 있다.

절묘한 역할 분담이다. 그래서 '살아서 신사, 죽어서 절'이라는 말이 만들어질 정도다.

2

이러한 절묘한 타협의 사회가 일본일까? 타협에 따른 역할 분담을 좀체 깨지 않고 지켜나가고, 거기서 벗어나는 경우 상상 못한 이지메가 가해지는 사회.

일본의 전국 규모 민영 텔레비전 방송사는 다섯이다. 그 방송사 사이의 치열한 경쟁은 우리보다 더하지만, 그런데 유심히 살펴보면, 타협이 필요한 곳에서 적절히 조정해나가고 있음을 발견하게 된다.

예를 들어, 우리로 치면 '주말의 명화' 같은 프로그램을 이 방송들이 다 가지고 있는데, 모두 밤 9시부터 두 시간 정도 하는 것은 같지만, 방영하는 날은 다르다. 그러니까 방송국별로 수요일부터 일요일 밤까지 한다. 뉴스는 밤 9시부터 시간대별로 달리 시작한다. NHK가 스타트를 끊으면, 9시 40분부터 아사히 TV가, 11시부터 TBS가, 11시 40분부터 후지 TV가 뉴스를 내보낸다.

쓸데없이 힘을 빼지 않겠다는 치밀한 계산이다.

방송만 아니라 여러 분야에서 이런 식의 타협이 수없이 널려 있음을 본다. 재언하거니와 아마도 이런 타협으로 이루어진 사회가 일본이 아닌가 싶다.

3

일본에 오기 전, 어느 신문사의 도쿄 특파원이 쓴 짤막한 기사를 유심히 읽은 적이 있다. 그는 비 오는 날 도쿄의 전철 안 풍경을 그리고 있었다. 일본인은 접는 우산이 아닌 일자 우산을 즐겨 쓰고, 전철을 타면 접어서 꼭 묶어둔다는 것이다. 우산에 묻은 빗물이 남에게 튀지 않게 하려는 배려로.

고도쿠지의 묘역 앞에 선 불상.

메이지 신궁에서 열리는 결혼식.

정말 그렇게 하나?

도쿄에 와서, 그곳은 유난히 비가 많이 내리는 도시이므로, 특파원의 기사가 맞는지 안 맞는지 바로 확인할 수 있었다. 정말 그랬다. 그리고 거기에는 거의 예외가 없었다.

또다른 예 하나.

일본인들이 연말연시에 연하장을 많이 보내기로는 널리 소문나 있다. 1년간 관계했던 사람들에게, 특히 명함을 주고받는 게 생활화되어서인지 빠짐없이 연하장을 보낸다. 특별한 위치에 있는 사람도 아닌데 어떤 이는 한 해 5~6백 장을 넘어서는 경우도 있다. 그뿐만이 아니다. 자신은 보내지 않았지만 연하장을 보내온 사람에게 하는 답장도 빠뜨리지 않는다.

정말 그렇게 하나?

일본에 온 첫해에 나는 내가 받은 명함의 주소로 연하장을 보냈다. 이미 내 명함의 주소로 보내온 사람들 말고, 며칠 후, 내 연하장에 답장한 것들이 줄줄이 왔다. 거기서 예외는 단 한 건도 없었다.

4

일본인들의 남에 대한 배려의 예를 들라면 한없이 많다. 그 극치를 느끼자면 자동차를 타보면 된다.

지난봄에 나는, 도쿄에서 1시간쯤 전철을 타고, 다시 스쿨버스로 20분쯤 들어가는 어느 대학에 강의를 나갔다. 아름답고 한적한 시골이었다. 일주일에 한 번 소풍 가는 기분이 되었는데, 거기서 더 평안했던 것은 바로 그 스쿨버스였다. 교직원석이라고, 나는 늘 운전기사 바로 뒤에 앉아 갔기 때문에, 그가 어떻게 운전을 하는지 아주 분명히 볼 수 있었다.

일본 도로의 차선은 우리보다 좁다. 그래서 스쿨버스 같은 큰 차를 타고 가다보면, 마주오는 차와 아슬아슬하게 비껴가는데, 승용차 같은 작은 차를 지나칠 때도 아주 등골이 오싹할 정도다. 문제는 마주오는 차 또한 버스 같은 대형차일 때다.

누군가가 양보를 해야 하는 처지에 원칙은 단 한 가지였다. 도로가 조금이라도 더 넓은 부분에 먼저 이른 차가 거기서 기다리는 것이다. 예외 없이 그랬다. 신통했다.

한번은 신호가 채 바뀌기 전에 폭음을 내며 달려나가는 스포츠카를 본 적이 있다. 낯이 익어진 버스기사가 나에게 말을 건넨다.

요즘 젊은 사람들은 저렇게 무례하지요.

그러나 남녀노소 할 것 없이 도로에서는 모두 무례한 사람만 보다 온 나는 그것이 오히려 신선했다.

5

그런데 이렇듯 남에 대한 배려가 즐거운 생활을 보장해줄까? 사실 그렇지만은 않았다. 남에 대한 배려는 곧 남에게 나에 대해서도 배려하라고 보내는 신호다.

전철의 우산도 그렇고 연하장도 그렇다.

그러지 않았을 경우에는 철저하게 따돌림당하게 된다. 그것이 얼마나 신경쓰이는 일인지, 요즈음 극에 달했다는 일본인들의 스트레스는 거기서 나오는 게 아닌가 싶다.

이렇게 친절하고 편안한 데서 살면 얼마나 좋을까.

뭣 모를 때 생각이다. 정녕 그것은 내가 친절과 배려를 받을 때만의 이야기다. 나 또한 그에 걸맞게 친절하고 배려하기 위해서는 머리가 빠질 정도로 신경써야 한다. 대충 배려받지 않고 대충 배려하지 않으면서 사는 한국이 오히려 훨씬 편안한 사회다.

༺༺༺༺

마지막 사무라이 사이고 다카모리

2007년 4월

도쿄의 우에노 공원 입구에 동상이 하나 서 있다. 일본식 잠옷 차림에 종아리가 드러난 강인한 몸매, 그리고 으스스한 표정은 다소 위압적이기까지 하다. 동상의 주인공은 사이고 다카모리西鄕隆盛,1828~1877.

옆에는 일본종 도사견이 목줄을 사이고의 한 손에 맡긴 채 서 있다. 더욱 으스스해 보인다.

우에노 공원은 봄철의 벚꽃놀이 장소로 이름을 날리지만, 국립미술관이며 박물관 그리고 과학박물관 등이 자리잡고 있어서, 문화적인 공원으로도 많은 사람이 찾는 곳이다. 그런가 하면 도쿄예술대학이 바로 옆에 있는데, 여기 미술관과 음악당에서 열리는 전시회나 공연은 언제나 관심의 대상이다.

그렇듯 문화적인 분위기에 비한다면, 사이고 다카모리의 동상은 왠지 어울리지 않는다. 그나마 공원 한구석에 자리잡고 있음이 다행인지 모른다.

사이고가 누구인가.

그는 본디 사츠마_{薩摩} 번의 하급 무사였다. 이 번의 번주 시마즈 나리아키라_{島津齊彬}의 눈에 들어 근대 개명의 눈을 띄우고, 이후 왕정복고_{王政復古}와 메이지 유신에 적극 참여하였다. 사츠마 번의 친구 오쿠보 토시미치_{大久保利通, 1830~1878}, 죠수_{長州} 번의 키도 다카요시_{木戶孝允,1833~1877}와 더불어 '유신의 삼걸_{三傑}' 이라 불린다.

도쿠가와 막부의 마지막 숨통을 거두었던 무진전쟁_{戊辰戰爭}도 그가 계획하고 실행했었다.

강파르게 훈련된 자신의 군대를 이끌고, 교토의 천왕이 도쿄로 입성할 때에, 피 한 방울 흘리지 않고 진두에서 지휘한 용장이었다. 그때 그의 위세는 대단했다. 우에노 공원의 저 동상을 한 번이라도 본 사람은, 서슬 푸른 카리스마 하나만으로도 이 일을 가능하게 했다 짐작하리라.

그런 그가 패배의 쓴잔을 마신 것은 다름아닌 정한론_{征韓論}을 두고 벌어진 내부 권력 다툼에서였다.

1873년, 조선과의 국교를 맺기로 한 일본의 유신 정부는 당초 사이고를 조선 정부에 사신으로 보내려 하였다. 그러나 조선 정부가 일본과의 국교수립을 반대하고 있었으므로, 사이고의 사신 행차는 거절과 전쟁개시로 이어질 것이 뻔했다. 그것은 사이고가 노린 바였다. 조선을 전쟁으로 농락시킬 수 있을 뿐만 아니라, 이런 기회에 중앙 정권을 확실히 거머쥘 수 있겠기 때문이었다.

여기에 온건파들이 반대를 하였고, 사이고는 이 싸움에서 패배, 고향

사이고 다카모리.

인 사츠마로 돌아갔다.

쓸쓸한 낙향이었다. 사실 그의 정한론은 정권 다툼의 빌미에 지나지 않았다. 패배를 딛고 일어서기 위해 그는 고향에서 학교를 만들고 학생을 훈련시켰다. 그사이 중앙의 유신 정부는 착실히 안정된 정권을 만들어가고 있었다.

다만 지방에서는 크고 작은 규모의 반란이 끊이질 않았다. 중앙정부에 대해 나름의 불만이 많았던 것이다. 사이고는 그 같은 분위기를 타 반란의 기치를 올렸다. 낙향한 지 4년 만인 1877년의 일이었다.

일본인이 '서남西南의 역役'이라 부르는 이 전쟁에서 사이고는 처음에 기세도 당당하게 중앙을 향하여 쳐올라가는 듯했다. 병사 가운데는 사이고가 자신의 학교에서 훈육시킨 학생이 많았다. 사츠마사츠薩摩札라는 돈을 발행하여 군자금을 모으는 등, 사이고가 심혈을 기울였던 메이지 유신기 최대 최후의 이 전쟁은, 그러나 1년 만에 정부군의 완승으로 끝나고 만다. 사이고는 마지막에 스스로 죽음을 택했다.

그런 사이고 다카모리가 세간의 입에 오르내린 적이 있었다. 2004년 12월에 열린 한일정상회담의 개최 장소가 가고시마로 결정되면서였다. 가고시마는 다름아닌 옛날의 사츠마 번이다. 대표적인 정한론자의 고향에서 회의를 열어야 하느냐는 입방아가 일어날까봐, 외교통상부의 관계자가 일본 쪽에 장소 변경을 요구했었다. 당연히 냉소 어린 대답을 받았으리라.

사이고에 대해서는 일본인 사이에서도 견해가 엇갈린다. 용감한 군인으로 보는가 하면, 다이쇼大正 시대의 〈사이고와 뚱보 아가씨〉라는 희곡에 나타나는바, 시대와 명분에 헛갈리며 살아간 사람이라고도 여긴다. 다분히 다이쇼 시대의 자유스러운 분위기가 반영되었을 이 희곡 작품에서, 사이고 집안의 뚱뚱한 하녀 오타마가 그를 위해 충성하는 모습이 희화적으로 그려지고 있는데, 그것은 곧 사이고를 평가하는 관점이었다.

사이고가 '서남의 역'을 일으켰다가 죽은 해가 1877년, 유신의 맹우盟友 오쿠보는 그때 사이고를 대항하는 정부군의 지휘자였다. 결국 사이고는 친구의 손에 죽은 것이나 마찬가지였지만, 오쿠보 또한 이듬해 도쿄 시내 한복판에서 반대파에 의해 암살되었다.

오쿠보보다 두 살 위였던 사이고가 죽은 나이는 49세, 두 사람 모두 50세를 채우지 못한 채 세상을 뜨는 동안, 유신은 이렇듯 파란만장하게 진행되고 있었다.

저무는 가을 저녁의 우에노 공원.

도쿄의 밤은 빨리 찾아온다

지구가 둥글다는 것을 아는 어린이들
2007년 10월

아쿠 유阿久悠씨가 타계했다. 메이지대학 문학부를 졸업하고, 평생 작사가로 활동했다. 방송과 노래방에서 나오는 저작권료가 일본에서 가장 많은 사람이다.

그가 작사한 〈쓰가루津輕 해협의 겨울 풍경〉은 1970년대 후반 이시카와 사유리石川小百合가 불러 대히트한 노래이다. 아오모리와 홋카이도 사이에 있는 이 해협을 두고 만들어진 노래 가운데서도 최고의 명곡으로 꼽힌다. 홋카이도의 하코다테항에는 노래비가 세워져 있다.

내가 1999년 일본에 유학 와서 처음으로 배운 노래였다.

    …… 우에노발 야간열차 내렸을 때

    아오모리 역은 눈에 묻히고 ……

나는 지금 그가 졸업한 메이지대학 문학부에서 학생을 가르친다. 아쿠씨가 이 학교 출신이라는 것은 신문에 난 부음 기사를 보고 알았다. 묘한 인연이라는 생각이 들었다.

무수한 히트곡을 남겼지만, 그가 지어준 작은 섬 초등학교의 교가는 더욱 인상적이다.

시즈오카静岡현의 하지메시마初島 분교에는 교가가 없었다. 교장은 아쿠씨에게 편지를 쓴다. 우리 아이들을 위해 교가의 가사를 지어달라고. 아쿠씨는 섬을 찾았다. 그다지 높지 않은 섬 한가운데 산에 오르니 360도로 돌아가며 바다가 보였다. 참으로 작은 섬이었다.

…… 하늘에도 길이 있다 바다에도 길이 있다

흐르는 바람에도 길이 있다 ……

그렇게 시작하는 교가는 후렴에서 다음과 같이 맺어진다. 많은 것을 생각하게 하는 마지막 구절이다.

…… 시계視界는 멀리 삼백육십도

지구가 둥글다는 것을 아는 어린이들

하지메시마 하지메시마 아— 하지메시마 ……

∽∽∽∿

맙소사

2008년 10월

올 한 해 볕이 얼마나 좋았는지 과일 영그는 게 예년과 다르다고 들었
다. 농촌에서는 그것도 시름이라, 풍년 덕에 과일값이 똥값 된다고 걱정
이라지만 말이다.

농촌의 과수원만이 아니다. 연구실로 들어오는 교정 숲속에서 들리는
도토리 떨어지는 소리가 예년과 같지 않다. 임시로 만들어놓은 산막의
양철지붕에 어쩌다 도토리가 떨어질 때면, 툭 하는 소리가 마치 누군가
일부러 힘껏 던져서 맞추는 소리 같다. 그렇게 야무지다.

문득 7년 만에 낸 시집이 올 가을 도토리만큼이나 야물게 여물었나 돌
이켜보게 된다.

나의 한 시절이 아름답고 안타까웠음을 말하리라.

시집을 받아들고 보관본의 첫 책에 나는 그렇게 써넣었다. 누군들 그

렇지 않겠느냐만, 나에게 시는 언제나 아름답고 안타까운 시절에 대한 증언이며 기록이었다. 7년 동안 발표한 100여 편의 시 가운데 60편을 골라 한 권으로 묶으며, 증언이며 기록이되 개인사의 울타리를 넘어서지 못한 것 같아 아쉬웠지만 말이다.

내 개인적으로는 「반쯤」이라는 작품에 애착이 간다.

> 토요일의 햇살은 반쯤 누워오는 것 같다
> 반공일처럼
> 반쯤 놀다 오는 것 같다
> 종달새한테도 반쯤 울어라 혜살 부리는 것 같다
>
> 반쯤 오다 머문 데
> 나는 거기부터 햇살을 지고 나르자
>
> 반쯤은 내가 채우러 갈 토요일 오후의 외출

지난 한 해, 그러니까 2007년 4월부터 2008년 3월까지 도쿄의 메이지 대학에 객원교수로 다녀왔다. 연구동 507호의 연구실 전화번호 뒷자리가 2007이었다. 휴대전화도 쓰지 않고 오로지 그 전화 하나로 바깥세상과의 통교通交를 유지하면서, 한 해 동안 마치 유배의 심정으로 살았다. 수업 시간에 만나는 일본 학생들은 하나같이 친절했으나, 1년을 기한으로 왔다 가는 제한된 사람이라는 생각이 나를 먼저 옥죄었다. 더욱이 주중에는 일본어로 해야 하는 수업 부담 때문에 연구실 밖을 나가기가 쉽지 않았다.

겨우 토요일이 되어서야, 연구동에는 사람 하나 얼씬거리지 않고, 햇볕이 방안 깊숙이 비추다가 점점 꼬리를 빼가는 정오를 지나면, 나는 카메라를 들고 도쿄 이곳저곳을 찾아 나섰다. 잠시 해방된 듯한, 가장 행복한 시간이었다.

앞에 소개한 「반쯤」은 그런 어느 토요일에 썼다.

반쯤만 풀어져 헤헤거릴 수 있는 시간, 지금 여기서 하는 일 말고, 어딘가에 반쯤 더 채울 수 있는 곳이 있을 것 같은 막연한 기대감, 사실은 우리 사는 생애도 꽉 짜인 일상에 코를 박지만, 정말이지 어느 날 하루 정도는 반쯤 풀어져 의도 없는 발걸음이 허락될 것 같은 작은 소망.

그 소망과 기대 속에서 나는 시를 만났던 것 같고, 앞으로도 그럴 것 같다.

시집을 내고 두 선배의 뼈아픈 충고를 받았다.

이 사람, 시에 좀더 전념했으면 참 잘 썼을 거예요……

평론가 H 선배의 말. 시집을 내고 함께 자리한 데서 H 선배가 옆 사람과 나눈 그 말을 나는 얼핏 들었다. 사실 나한테 하는 말이었으리라.

터질 듯한 소리를 언제 한번 내볼 테야……

메이지대학 연구동 507호.

시인 K 선배의 말. 어느 문학상 심사위원으로 참여했다가 본심에 오른 내 시집을 보고 나서 전화해주면서 한 말이었다. 물론 나는 수상자가 되지 못하였다.

그래서였을까, 반쯤만 쓰는 것으로 족하다 싶다가도, 그래서는 안 되겠다는 생각이 꼬리를 물고 이어온다.

시에 생애를 바치겠다는 다부진 결심을 해본 적이 없는, 문학이라는 나무에 목을 매도 좋다는 어느 작가의 말에, '웬 그런 오버'라 치부했던 한가로운 내가 이제야 조금 철이 든다면, 세상이 내게 시인이라 이름을 허락해준 이상 이름값을 하기 위해, 시인으로서의 치열한 생애가 지금부터라도 시작하지 않으면 안 될 같은 갸륵한 깨달음이 온다는 것이다.

맙소사, 내가 진짜 시인이 되는 것일까!

청경우독晴耕雨讀
2010년 8월

1

지난 학기, 수도권의 한 전문대학에 출강하게 되었다. 학과를 책임 맡고 있는 선배의 간청을 물리칠 수 없었다. 요즘 전문대학에는 심화과정이 설치되어 있는데, 2년 과정을 마치고 졸업한 학생이 2년을 더 하면 학사학위를 수여받는다. 이 과정의 한 과목을 강의해달라는 것이었다.

학생은 여섯 명이었다. 모두 직장 생활을 하고 있어서 수업은 토요일 오전에 진행되었다. 학생이나 나나 주중의 피로가 쌓일 대로 쌓인 토요일 오전의 수업은 고역이었다.

그런데도 보람찼던 것은 주경야독晝耕夜讀의 정신이 거기 살아 있었기 때문이다.

화토 공부하러 간다고 하면 초등학교 다니는 아이가 놀려요. 화토를 화투로 들어서요.

마흔이 가까운 학생의 이 말에 다들 웃었다. 실은 이 과정의 수업은 화요일 밤과 토요일에 배치되어 있다. 나는 토요일 한 번 가고 말지만, 학생들은 주중 화요일 한 차례 더 학교에 온다. 그래서 화토반이다. 아이는 아빠가 화투 배우러 다니는지 알았던 모양이다.

아이에게 아빠가 공부하는 모습을 보여줘서 참 좋아요.

화토 공부하는 아빠의 이어지는 말이다. 굳이 아이에게 공부하라는 소리 하지 않아도 된단다. 아빠가 공부하는 모습을 보여주면 자연스레 아이는 영향받을 것이기 때문이다.

주경야독, 참 멋지면서 슬픈 말이다.

2

나는 학생들에게 내 형의 이야기를 했다. 나는 운이 좋아 대학원까지 다니며 가방끈을 늘였지만, 내 형이 10대일 때 우리집은 가장 어려운 형편이었다. 형은 공업고등학교에 갔고, 졸업하자마자 군대 갔다 와 아버지의 일을 도왔다. 덕분에 조금 형편이 펴지면서 나는 대학에 갈 수 있었다. 내가 대학원을 마치고 시간강사 생활을 할 때 형은 방송통신대학에 입학했다. 방송대에는 출석 수업이라는 것이 있는데, 한번은 내가 담당한 과목에 형이 수강했다. 형을 앞에 두고 하는 수업이 마음 편할 리 없었다. 수업 시간에 들어오지 않아도 된다고 했더니, 굳이 한 시간도 빠지지 않고 출석했다.

마지막 시간은 시험. 형의 시험지를 채점하며 나는 울었다. 답안이 아니라 형이 나에게 보내는 편지였다.

어린 시절, 나도 기억하지 못하는 어떤 일을 적어놓았었다. 지금 와서 그 내용이 무엇인지 자세히 기억에 없으나, 기구하게 만난 형제의 기묘한 대화였다. 기억나기로는, 그때 형의 아들들이 중고등학교에 다니고 있었는데, 생활환경조사서에 아버지의 학력을 '고졸'이라 써넣게 하고 싶지는 않다는 말에 울컥했던 것 같다.

3

여러 해 전, 도쿄의 메이지대학에서 객원교수 생활하던 때, 가끔 들르는 선술집에서 재미있는 이름의 일본 소주를 발견했다.

청경우독晴耕雨讀.

맑은 날은 밭 갈고, 비 오는 날은 책을 읽는다는 뜻이다. 주경야독과는 차원이 다른, 유유자적하는 선비의 모습이 이 말에는 담겨 있다. 초야에 묻혀 사는 제갈공명을 찾아간 유표에게 공명이 한, "저는 별 재주도 없는 선비로 청경우독하고 있습니다"라는 말에서 따온 것 같다.

나는 이 술의 '됫병짜리'를 시켜 보관해놓고, 비 오는 날은 이 집을 찾아 한 잔씩 했었다. '우독雨讀'이 아니라 '우음雨飮'이었던 셈이다.

그 무렵, 구로키黑木 선수는 롯데 마린스의 잘나가는 선발 투수였다. 잘생긴 얼굴에, 투구 폼도 역동적이어서 꽤나 인기를 몰고 다녔다. 리그 다승왕 타이틀을 딴 적도 있다. 그런데 전성기의 정점에서 어깨가 고장났다. 몇 년간 재활에 매달렸지만 헛수고, 결국 현역으로 복귀하지 못하고 은퇴했다. 서른한 살, 선수로서 아까운 나이였다.

구로키 선수가 시골 고등학교의 학생들과 만나는 시간이 텔레비전을 통해 방송되는 것을 본 적이 있다.

한 학생이 묻는다.

괴로운 순간에 무슨 생각을 하나요?

구로키는 담담하게 답했다.

선수로서의 생명은 끝났지만 사람으로서의 생명이 끝난 것은 아니다. 이 정도 괴로움은 주변 사람 누구에게나 있는 법이다. 아니 더한 고통 속에서 사는 사람도 많을 것이다. 사람으로서 내 새로운 생애가 시작되었을 뿐이다.

일본 소주 청경우독.

4

이번 학기 수업 마지막 날, 한 학생이 했던 말을 나는 기억한다.

전문대에 입학하고 무기력하게 생활하다 어느 날 문득 이런 생각을 했지요. 누구나 사람은 후회할 일을 한다. 그런데 그 후회의 순간, 하던 일 모두를 포기하는 사람이 있는가 하면, 새로운 도전을 꿈꾸는 사람이 있다. 나는 어느 쪽일까?

후회 다음에 찾아오는 것이 있다. 포기 아니면 도전이다. 옳거니, 후회는 성공이든 실패이든 뒤따라올 수 있지만, 아무래도 일을 망친 다음이 항례恒例일 것이다. 망쳤을 때, 후회하며 포기하는가, 새롭게 도전하는가에 따라 상황은 달라진다. 포기하면 그것으로 끝이요, 도전은 비록 다시 후회할 일에 부닥칠지라도 아름답다. 성공에 이르는 길은 거기서만 찾을 수 있다.

이 말을 한 학생은 후자를 택했다. 2년 졸업 후에 직장을 잡았고, 힘겨운 생활 속에서 다시 2년 심화과정에 들어섰다. 학사학위를 받으면 대학원에까지 진학해보고 싶단다. 학력 인플레를 걱정하는 소리가 일각에 있지만, 나는 이 학생의 꿈과 도전을 한없이 지지한다.

누구든 후회할 일이 없겠는가. 문제는 후회 다음에 찾아오는 것이다. 포기할 것인가, 도전할 것인가. 오로지 선택은 자신에게 달렸다.

· 7 ·

2016년 2월 3일 수요일

도쿄의 간다 고서점 거리.

෨෨෨
2016년 2월 3일 수요일

1

오늘은 돌아가는 날이다.

도쿄에서 지냈던 곳을 찾아다닌 이번 여행은 꿈결 같았다. 스다치에서의 저녁은 즐거웠지만 이케부쿠로의 골목길에서는 아쉬웠다. 그렇게 즐거움과 아쉬움 속에 떠난다.

어제저녁은 오차노미즈에 있었다. 메이지대학 시절의 학생들을 만난 즐거움을 여기 추가해야겠다. 학생들이라지만 이제 박사학위를 받은 어엿한 연구자들이다. 그사이 한국에 와서 답사와 논문 발표를 하기도 했다. 그때마다 안내해주었더니 이번에는 자기들 차례란다.

굴튀김에 먹는 생맥주가 특별히 맛있는 집이 있다. 간다神田 고서점 거리 한쪽에 있다. 수업을 마친 어느 날 저녁, 학과의 가장 연장자인 나가후지永藤 교수가 나를 데리고 간 곳이 이 생맥줏집이었다.

나가후지 교수는 참 독특했다. 이른 아침에 일어나 맥주 한잔하고 공부하다가, 학교에 나와서는 수업만 했다. 연구는 늘 집에서 한단다.

일본 전국의 신사神社를 그렇게 환히 꿰뚫고 있는 분을 본 적이 없다. 일본 고대문학은 신사와 결부하지 않고는 이해하기 어렵다고 했다. 학생 시절부터 전국의 신사를 찾아다녔는데, 삼국유사 설화의 연구를 절과 마을의 답사로 시작했다는 나의 말에 크게 수긍하는 것이었다.

정년하고 건강이 좋지 않아 주로 집에서 지내요.

애제자 도노마에堂野前씨가 근황을 전해주었다. 만나지 못한 게 아쉬웠다. 나가후지 교수를 대신해 도노마에씨가 나를 그 생맥줏집에 데려갔었다.

2

메이지대학 뒤편에 소학교가 하나 있다. 도쿄에서 가장 먼저 생긴 학교이다. 나쓰메 소세키夏目漱石가 바로 이 학교 출신이다.

2007년 가을, 이 학교의 가을 운동회를 본 적이 있었다. 우리와 달리 일본은 홍군과 백군으로 나눈다. 운동장 뒤편에 서서 구경하는데, 자기편 자리에 앉은 어린아이들의 어떤 풍경에 적이 놀랐었다. 앞줄에서 끝줄까지 대열이 하나도 흐트러지지 않은 모습 말이다.

메이지대학 뒤편 금화소학교의 가을 운동회.

도쿄의 밤은 빨리 찾아오다

吾輩は猫である
名前はまだ無い

明治十一年　夏目漱石

錦華に学ぶ

금화소학교 정원에 세워진 나쓰메 소세키 문학비. 명문에 "나는 고양이다. 이름은 아직 없다"는 『나는 고양이다』의 첫 두 줄, "메이지 11년 나쓰메 소세키 금화에서 배우다"라고 썼다.

소학교를 지나 골목을 좀더 올라가면 한국 YMCA 건물이 나온다.

여기는 한국 유학생이 2·8독립선언을 외친 곳이다. 그것 하나로도 유서 깊지만, 나에게 더욱 인상적이기로는 윤동주와 관련된 이력 때문이다. 1942년 봄, 릿교대학에 입학하러 온 윤동주는 하숙을 정하기 전 여기서 한 달가량 머물렀다. 유학생의 임시 거처이기도 했다는 것이다.

메이지대학 시절, 나는 늘 점심을 먹고 간다 고서점 거리와 소학교와 YMCA를 돌아 들어왔었다. 어제도 그 거리를 걸으며 윤동주의 시에 나오듯 추억처럼 그리워했다.

3

도쿄의 거리나 동네 이름 가운데 교토나 나라奈良의 어느 지역과 같은 곳이 더러 있다. 앞서 소개한 아스카야마의 경우가 그렇다. 아스카는 나라 시대의 일본을 가리키는 말이다.

나는 처음에 도쿄의 이름을 따 지방에서 따라 하는 줄 알았다. 그러나 반대였다. 일본의 문명이 시작된 곳은 도쿄가 아니다. 도쿄가 따라한 것이다. 게이오대학에서 공부하던 시절, 간다 고서점 거리에 가려면 지하철 미타선을 탔는데, 플랫폼의 안내판에는 '가스가春日행'이라고 써 있었다. 이 가스가도 나라에서 따온 지명이다.

가스가 들에

조粟 씨를 뿌리려면

사슴 기다리네

자주 가지 못하니

사당 신神 원망하네

『만요슈』405번 노래이다. '사당의 신만 아니라면 가스가의 들에 조를 뿌렸을' 것이라는 404번 노래의 여자에게 남자가 답하는 내용이다.

가스가의 들판은 비옥했다. 씨만 뿌리면 곡식은 저절로 자란다. 그러나 여러 해 되면 지력地力이 모자라니 밭을 바꾸어야 한다. 그런데 거기 사당이 있다. 신이 허락해야만 한다. 다만 그 땅에 사슴이 나타나면 그 짐승 쫓는다는 핑계로 갈 수 있다. 어서, 사슴아, 나타나다오.

남자는 농사 때문에만 전전긍긍하고 있는가. 아니다. 밭을 갈러 가면 만날 여자가 있기 때문이다. 임도 보고 뽕도 딸 텐데, 사슴은 나타나지 않는다.

그러나 진짜 훼방꾼은 사당의 신이다. 밀회를 지켜보는 어떤 완고한 존재이다.

나라의 도다이지東大寺 앞에 가면 사슴이 명물이다. 굳이 사슴을 키우기로는 이 노래에서 연유했을 것이다. 가스가가 바로 그 부근이기 때문이다. 일본 고대어의 '조를 뿌리다'는 '만나다'와 발음이 같다. 간절히 만나기 바라는 남녀의 심정은 노래를 타고 천년 세월의 너머에 이르러 있다.

4

신주쿠의 숙소에서 나와 바로 옆 워싱턴 호텔 앞에서 공항 리무진을 탔다. 도쿄에서 4년을 살았고, 그동안 무수히 다녀갔지만, 언제나 가장 값싼 게이세이선 열차를 이용했었다. 공항 리무진은 세 배쯤 된다.

오늘은 호사 좀 부려보자고—

일본에 와서 『만요슈』를 공부하는 가운데 가장 인상 깊은 노래가 있다. 야마노우에노 오쿠라山上憶良의 단가短歌 한 수이다.

백제가 나당연합군에게 사비성을 빼앗겼을 때, 나라의 야마토 정부는 백제에 구원군을 보낸다. 그러나 이미 실기失機, 구원군은 백마강에서 패퇴하고 하릴없이 그 배에 백제의 유민을 싣고 돌아갈 뿐이었다. 오쿠라는 유민 속에 섞여 배를 탄 네 살배기 아이였다.

오쿠라의 생애에서 이 드라마 같은 이야기를 처음 제시한 이는 나카니시 스스무中西進씨이다. 그는 『야마노우에노 오쿠라山上憶良』라는 역저力著에서, 오쿠라가 백제계 도래인渡來人임을 입증하고 있는데, 학계의 반발에도 불구하고 이제는 어느 정도 정설로 굳어지고 있는 듯하다. 나카니시씨는 일본에서 내 스승의 스승이다.

오쿠라의 이름이 일본의 역사 속에 공식적으로 등장하기는 702년, 당唐에 파견된 사절단의 명단에서다.

그때 오쿠라의 나이 이미 42세, 임무는 사신을 대신하여 문장과 시를 짓는 일이었다. 1년 뒤, 풍파를 헤치며 친선민고 끝에 온 길을 일정이 끝나 돌아가며, 역시 사신을 대신하여 지었다는 오쿠라의 노래가 『만요슈』

제1권에 실려 있다.

> 어이 자네들, 어서 야마토人和로
> 오오토모人件 님의 미쓰御뼈항 해변의 소나무도
> 기다리고 있다네, 연인처럼.

노래의 제목은 「야마노우에노 오쿠라가 당唐에 있을 때에, 고향을 그리며 지은 노래」로 붙여졌다.

다시 말하거니와 이는 대작代作이다. 그러므로 시 속의 화자는 오쿠라의 상관인 견당사遣唐使이다. 이제 고향에는 그리운 가족이 기다리고 있으매, 그것을 해변의 소나무라는 객관적 상관물을 동원해 묘사한 솜씨는, 오쿠라가 단가 시인 가운데 앞자리에 선다는 세간의 평가를 무색치 않게 한다. 그러나 대작 속에 숨겨진 오쿠라의 목소리를 가려낸다면, "해변의 소나무는 백마강 가의 소나무인지도 모른다"라고, 나카니시씨는 앞의 책에서 설명한다. 이민 1.5세인 오쿠라의 마음속에는 미쓰항이 그 원풍경으로서 백마강으로 살아 있다는 것이다.

공항 리무진을 타고 나는 오쿠라의 시를 가만히 읊조린다.

> 어서 서울로/ 양화대교 강변의 버드나무도/ 기다리고 있다네, 연인처럼.

3년의 방문연구원 생활을 마치고 돌아가던 2002년 2월에도, 1년의 객원교수 생활을 마치고 돌아가던 2008년 2월에도 나는 그렇게 읊조렸던가 한다.

EPILOGUE

작가의 말

2016년 1월 28일부터 2월 3일까지 도쿄를 걸었다. 중간에 니가타의 유자와를 다녀온 일까지 포함, 햇수로 앞뒤 4년간 보냈던 일본 생활의 자취를 돌이켜본 여행이었다.

일주일 남짓 즐거운 산보가 추억한 일은 다음 두 가지이다.

1999년부터 3년간 게이오대학의 방문연구원으로, 2007년 1년간 메이지대학의 객원교수로 도쿄에서 생활했다. 『삼국유사』에서 촉발되어 우리 고전문학과 비교될 일본의 문학을 찾아 나선 내 나름 인생의 역정歷程이었다. 이런저런 인연이 얽혀 있다.

2008년부터 10년간 교보문고와 대산문화재단이 주최한 '설국문학기행'을 안내하였다. 소설 『설국』의 무대인 니가타 유자와 산골의 가장 눈이 많이 내리는 1월 하순에서 2월 초 사이, 이 작품을 좋아하는 사람과 함께 현장을 찾는 기행이었다. 이런저런 이야깃거리가 많이 남았다.

　이렇게 써서 떨쳐버릴 기쁨과 상처는 내 몫이지만, 서생書生의 글이란 본디 가르치는 데 급급하여, 읽는 이는 혹여 이것이 정말 즐거운 도쿄의 산보라고 여기지 말기 바란다.

2017년 11월

고운기

걸어본다 15 | 도쿄
도쿄의 밤은 빨리 찾아온다
ⓒ 고운기 2017

초판 1쇄 인쇄 2017년 11월 25일
초판 1쇄 발행 2017년 11월 30일
지은이 고운기
펴낸이 김민정
편집 김필균 도한나
디자인 한혜진
마케팅 정민호 나해진 김은지
홍보 김희숙 김상만 이천희
제작 강신은 김동욱 임현식
제작처 영신사
펴낸곳 (주)난다
출판등록 2016년 8월 25일 제406-2016-000108호
주소 10881 경기도 파주시 회동길 210
전자우편 blackinana@gmail.com 트위터 @blackinana
문의전화 031-955-2656(편집) 031-955-8890(마케팅) 031-955-8855(팩스)

ISBN 979-11-961524-6-8 03810